dtv

Seeger ist Rennfahrer, er fährt Stockcar-Rennen in Amerika, in präparierten Autos mit zugeschweißten Türen und 300 PS starken Motoren. In Darlington hat er sich bei Tempo 270 die Schulter gebrochen; nun ist er zurück in Salzburg, zu einem kurzen Urlaub in der alten Heimat.
Eigentlich wollte er Ski fahren, doch es treibt ihn in die Motorradwerkstätte, in der er vor vielen Jahren seine Lehre begonnen hat. Ein paar Kollegen von früher sind noch da, tagelang sitzen sie nun zusammen und erinnern sich an die gemeinsam verbrachte Zeit, an die kleine Welt der schikanösen, mühsamen Arbeitsverhältnisse, an die Faszination der Maschinen und der Geschwindigkeit.
Walter Kappacher beeindruckt mit seinem stillen undramatischen Erzählstil und eröffnet dem Leser eine ganze Welt.

Walter Kappacher, geboren 1938 in Salzburg. Seit 1978 freier Schriftsteller. Zahlreiche Auszeichnungen, u.a. Hermann-Lenz-Preis 2004, Großer Kunstpreis des Landes Salzburg 2006; Mitglied der Deutschen Akademie für Sprache und Dichtung und der Bayerischen Akademie der Schönen Künste. Zuletzt erschienen u.a.: ›Land der roten Steine‹, ›Die Amseln von Parsch und andere Prosa‹, ›Trakls letzte Tage & Mahlers Heimkehr‹ und seine Übersetzung von »Die mittleren Jahre« von Henry James. Für sein Gesamtwerk wurde Walter Kappacher 2009 mit dem Georg-Büchner-Preis ausgezeichnet. Er lebt in Salzburg.

Walter Kappacher

Die Werkstatt

Roman

dtv

Von Walter Kappacher sind bei dtv außerdem erschienen:
Selina oder Das andere Leben (13872)
Silberpfeile (13873)
Morgen (13874)
Der Fliegenpalast (13891)
Ein Amateur (13965)
Wer zuerst lacht (14009)
Rosina (14185)
Land der roten Steine (14339)

Der Roman ›Die Werkstatt‹ erschien erstmals 1975 im Alfred-Winter-Verlag, Salzburg.

2016 dtv Verlagsgesellschaft mbH & Co. KG, München
Lizenzausgabe mit Genehmigung des Paul Zsolnay Verlags Wien

Umschlagfoto aus dem Privatbesitz des Autors
Gesamtherstellung: Druckerei C.H.Beck, Nördlingen
(Satz nach einer Vorlage von Eva Kaltenbrunner-Dorfinger, Wien)
Gedruckt auf säurefreiem, chlorfrei gebleichtem Papier
Printed in Germany · ISBN 978-3-423-14475-9

Für M. W.

Auf dem Hotelbett liegend, das gleichmäßige, dumpfe Dröhnen der Düsentriebwerke wieder im Ohr, spürte Seeger, wie seine freudige Erregung langsam einer Verstimmung wich, und er besann sich, während er auf seinen auseinandergeklappten, aber noch nicht ausgepackten Leichtmetallkoffer blickte, was sie ausgelöst haben könnte. Er fühlte sich verschwitzt, die Schulter schmerzte, und er war auch zu kraftlos, um sich auszuziehen und unter die Dusche zu stellen. Eindrücke von der langen Reise fuhren ihm durch den Sinn, in seinem Magen rumorte das unverdaute Mittagessen aus dem Speisewagen. Die verrostete *Puch 250* am Gehsteigrand, als er aus der Bahnhofshalle gekommen war. Die beiden Eisenbahner, die in Rosenheim in das nur mehr von ihm besetzte Abteil hereingekommen waren, sich mit ihren abgewetzten Ledertaschen niedergelassen und im bayerischen Dialekt über die rätselhafte Kieferhöhlenkrankheit der Frau eines Schaffnerkollegen zu reden angefangen hatten. Seegers Versuche, sich an die Bedeutung einiger ihm vom Klang her vertrauten Worte zu erinnern. Der Fahrer des Taxis, der, als Seeger den Namen *Rupertihof* aussprach, nur genickt hatte und aufs Gas getreten war, so als fahre er jeden Tag hundertmal dorthin. In der Bahnhofshalle waren zwar junge Leute mit Rucksäcken und Skiern herumgestanden, aber auf der Fahrt von München her hatte er nur auf den Bergen Schnee gesehen.

In seinen Gedanken war Seeger diesem Ort entgegengeeilt.

Noch in der letzten Nacht, im Münchner Flughafenhotel, war er voll von einer freudigen Erwartung gewesen. Nun war er da, und seine Empfindungen wurden lahm und bang. Es war so schnell gegangen, er war nicht einmal vierundzwanzig Stunden unterwegs gewesen.

Die Sehnsucht, die er drüben in den Vereinigten Staaten oft verspürt hatte, einmal wieder die Vogelweiderstraße hinunterzugehen, dann rechts in die Sterneckgasse einzubiegen, in den Hof der Werkstatt, den weitläufigen Hof mit den jungen Birken, um die sie als Lehrlinge Achterschleifen gedreht hatten; in Träumen war er in den letzten Jahren diesen Weg manchmal wieder gefahren, auf einem Motorrad, bis hin zur Werkstatt, und da waren Träume gewesen, in denen er mit den früheren Kollegen an der Werkbank stand, als wäre er nie fort gewesen. Was für ein Drang, das alles noch einmal zu sehen: die riesige Wandtafel, auf der das Spezialwerkzeug hing, die Werkbank, die an der Fensterfront vorne von Wand zu Wand reichte, die fünf Schraubstöcke und die kniehohen Arbeitsböcke, auf denen die Maschinen standen. Das Magazinfenster, durch das er seinen Kopf jeden Tag viele Male gesteckt und Schrauben oder Ersatzteile von Fröschl verlangt hatte …

»Fahr doch hinüber«, hatte Bigwood gesagt, als er Seeger im Hospital besuchte. Zwei Wochen vorher hatte sein Vater ihm die Nachricht vom Tod der Mutter telegrafiert, und er hatte nicht zum Begräbnis reisen können, lag mit zerquetschter Schulter im Krankenhaus. »Mach einmal Ferien, ein wenig Skilaufen, Sonne, das tut dir gut!« Vom Skilaufen hatte Seeger schon seit Jahren geredet, dazu mußte er zwar nicht nach Europa fliegen, aber er hatte in all den vergangenen Jahren immer wieder davon geträumt, für einige Zeit (oder auch für ständig) in die Heimat zurückzukehren, die Sunklersche Werkstatt noch einmal zu sehen, und eine Gelegenheit wie diese kam vielleicht so bald nicht wieder. Er wollte nicht den alten Kumpels zeigen, wie gut es ihm nun gehe, zu was er es gebracht habe (was hatte er denn auch erreicht?), er wollte sie bloß alle wiedersehen, ihnen die Hand drücken und mit ihnen reden.

Er hätte es sich leisten können, in einem besseren Hotel zu wohnen, aber am *Rupertihof* war er früher auf dem Weg zur Arbeit jeden Morgen und Abend vorbeigefahren, mit dem Fahrrad, später mit dem eigenen Motorrad, und alljährlich war dort zu Weihnachten die Betriebsfeier abgehalten worden.

Er erwachte angekleidet auf dem Bett liegend und merkte, daß er zwei Stunden geschlafen hatte. Im kahlen Zimmer war es schon dämmerig. Das Genick schmerzte, er ging zum Waschbecken, befeuchtete sein Gesicht. Der Mund war trocken und die Lippen aufgesprungen, es verlangte ihn nach frischer Luft. Er duschte, zog sich an und ging dann die Treppe hinunter in die kleine Eingangshalle, wo ihm an der Rezeption der Portier den Paß entgegenhielt. Seeger stellte sich auf die Eingangsstufen. Nur ein paar Minuten war er von der Werkstatt entfernt. Er hatte sich vorgenommen, am nächsten Tag die Kollegen zu besuchen. Auf einmal kam ihm ein Gedanke, der ihn erschreckte: Was war, wenn es die Werkstatt gar nicht mehr gab? Daran hatte er noch nie gedacht.

Er schlug die Richtung zur Sterneckgasse ein. Es war

Sonntag, er konnte unbeobachtet einen Blick auf das Werkstattgebäude werfen. Etwas scheute er vor dem Wiedersehen mit den Arbeitskollegen zurück: Wie würden sie ihn empfangen, wie auf ihn reagieren? Vergebens suchte Seeger, als er die Vogelweiderstraße hinunterging, ein Haus, eine Häuserreihe, ein Straßenstück, einen Baum, etwas, das mit seiner Erinnerung übereinstimmte. Die Gegend hatte sich so verändert, daß sie ihm fremd vorkam. Als er in die Sterneckgasse einbiegen wollte, war da keine Gasse mehr. Aus dem schmalen Sandsträßchen – links begrenzt von den Gebüschen und Zäunen der Schrebergärten, rechts von der hohen Holzwand des Kohlenhändlers Stix – war eine breite Straße geworden, auf der der Verkehr dahinflutete; die Autos hatten bereits die Scheinwerfer eingeschaltet. An der Ecke befand sich eine Shell-Tankstelle, Seeger fragte sich, ob die zur Werkstatt gehörte. Wo früher die Schrebergärten begannen, eine grüne, wenn auch verwilderte Landschaft, waren jetzt Hochhäuser, Geschäfte, Plakatwände, parkende Autos. Neben der Tankstelle ein abgezäunter Gebrauchtwagenmarkt. Daran schloß sich der langgezogene Barakkenbau der Autowerkstatt an. Die Sunklersche Werkstatt existierte also noch. Als er weitere zwanzig Schritte gegangen war, stand er vor dem Tor der Motorradwerkstatt. Es schien alles beim alten zu sein. Ob Sunkler noch lebte? Im oberen Stockwerk, über der Werkstatt, brannte kein Licht.

Seeger mußte die Augen schließen, um sich vorstellen zu können, wie es früher hier ausgesehen hatte: der Hof, ihr Hof, in dem sie als Lehrlinge abends heimlich die ersten Fahrversuche unternommen hatten, der grobsandige Belag, die Buckel und die Schlaglöcher, die sich bei Regen in Pfützen verwandelt hatten.

Er trat zu einem der Fenster und schaute in die Werkstatt. Es war finster drinnen, die Scheiben verdreckt, er konnte kaum etwas erkennen, aber es schien sich nicht viel verändert zu haben. Die fünf Arbeitsböcke standen noch am selben Platz, die »Eintauschfahrzeuge« links an der Wand, die Schleifmaschine auf dem hohen Sockel, ein halb aufgepumpter Fahrrad-Schlauch hing daran. Während er umkehrte, dachte er: Wenn die Mechaniker jetzt aus der Werkstattür kommen, mit einem Motorrad, dann stehen sie auf dem schmalen Gehsteig. Sie konnten nicht mehr wie zu Seegers Zeiten im Freien arbeiten. Damals waren während der Sommermonate Tag für Tag zwischen zwanzig und dreißig Maschinen im Hof gestanden, und die Lehrlinge mußten sie in der Früh aus der Werkstatt heraus- und abends nach dem Aufräumen wieder hineinschieben. Wieviele von den alten Kumpels mochten wohl noch arbeiten hier? Er konnte sich nicht vorstellen, daß sie alle auseinandergegangen waren.

Monika fiel ihm ein, Sunklers Tochter. Wen sie wohl zum Mann genommen hatte? Sicherlich keinen Mechaniker. Sie hatte damals in Wien studiert. Wie sie sich alle aufgeführt hatten, wenn sie einmal in die Werkstatt kam, in den Ferien; wie sie versucht hatten, nach der Schrift zu reden, wie sie herumgealbert und ihr auf ihre Weise den Hof gemacht hatten.

Und Gschwandtner, bei dessen Werkbank links vorne sie meistens stehenblieb, mit dem sie redete (Gschwandtner war kein so rauher Bursche wie Thaler, Resch oder Ennemoser, und er trug immer einen sauberen Arbeitsanzug), Gschwandtner wurde dann hinterher stundenlang gefoppt.

Seeger mußte daran denken, wie er zum ersten Mal mit dem Fahrrad bei der Werkstatt vorgefahren war, zwei Wochen, ehe er dort sein Lehrlingsdasein begann. Vor der Motorradwerkstatt waren in einer langen Reihe Motorräder aufgestellt, an einigen Maschinen, die neben dem Eingang im Freien standen, wurde gearbeitet. Ein älterer Mechaniker hatte eine Maschine umgelegt und schweißte etwas am Rahmen. Aus dem Halbdunkel des Werkstattinneren schlängelten sich die beiden roten Schläuche des Schweißgeräts. Ein paar Motorradfahrer im Lederzeug waren herumgestanden, ein Mechaniker kam auf einer *BMW* aus der Werkstatt gerollt, legte den Gang ein und drehte auf, daß die sandige Erde unter dem Hinterrad nur so wegspritzte. Das Werkstattor war weit geöffnet. Seeger sah drinnen fünf oder sechs Männer arbeiten. Er war auf seinem Rad hocken geblieben, hatte die Mechaniker eine Weile beobachtet, war dann zur langgezogenen Baracke, der Autowerkstatt, vorgefahren.

Auch hier waren die Kipptore geöffnet, drinnen sah er aber nur einen einzigen Mechaniker halb unter einem Wagen auf einem Brett liegen, und er hatte sich nicht getraut, hinzugehen und zu sagen, er sei der neue Lehrling, der am Ersten hier anfange.

Am nächsten Tag schob Seeger den Gang zur Werkstatt immer wieder hinaus; erst um vier Uhr verließ er den *Rupertihof* und machte sich auf den Weg. Jetzt saßen sie wohl gerade alle im Gefolgschaftsraum und machten Brotzeit oder – es war ja Winter – spielten sogar Schnapsen oder Watten. Während er die Vogelweiderstraße hinunterging, dachte er an andere Wintertage, die er hier erlebt hatte, als der Schnee in hohen Wällen sich am Rand der Straße gestaut hatte. Er kam an der Esso-Tankstelle vorbei, an dem Elektro-Laden mit den *Black-&-Decker*-Bohrmaschinen in der Auslage; daneben das Farbengeschäft, dessen verstaubte Auslage so aussah wie vor fünfzehn Jahren, dann die Kohlenhandlung mit dem übermannshohen Bretterzaun. Seeger bog in die ehemalige Sterneckgasse ein. Die Shell-Tankstelle. Er dachte: Irgendwann in den nächsten Tagen nach Mühlbach, dann die Skiausrüstung, am Donnerstag in die Berge. In den höher gelegenen Orten, so hatte der Hotelportier gesagt, seien gute Schneeverhältnisse, er hatte die Orte Obertauern und Zauchensee genannt. Je näher er der Werkstatt kam, desto mehr spürte er, wie sich alles in ihm verkrampfte. Als wäre er wieder der Lehrling, der vor achtzehn Jahren an seinem ersten Lehrtag hier vorgefahren kam. Der vordere Trakt, die Autowerkstatt, war frisch gestrichen und gebeizt, bemerkte er jetzt bei Tageslicht. Eines der beiden Tore war geöffnet, drinnen schien viel Betrieb zu sein, aber er erblickte keine ihm vertraute Gestalt. Auf dem schmalen Streifen zwischen Werkstatt und Gehsteig stand eine schwarze *Puch TF*, der Reparaturzettel flatterte an der Lenkstange. Er ging am geschlossenen Tor der Motorradwerkstatt vorüber, an den Fenstern vorbei – drinnen brannte schon Licht –, er ging weiter und blieb beim Fenster der E-Werkstatt stehen, merkte dann, daß in dem Raum, den er durch das Fenster sah, ein Verkaufsgeschäft für Roller und Kleinkrafträder eingerichtet war. Ob es Lukas noch gab, den Elektriker, der die Batterien auflud, die Lichtanlagen reparierte, Maschinen neu verkabelte und die Scheinwerfer einstellte? Warum diese Scheu, das Tor zu öffnen und einzutreten?

Seeger wußte noch genau, nach dreizehn Jahren, welches Geräusch es von sich gab, wenn man es öffnete. War er nicht von Daytona herübergekommen, um durch diese Tür zu treten? Da schwang das Werkstattor auf, ein junger Mechaniker schob eine *Vespa* heraus, er hatte sich einen Lodenmantel über den Overall angezogen, und ehe er sich auf den Roller setzte und die Tür mit einem Tritt zuwarf, beugte sich Seeger vor und schaute hinein. Vorne rechts, an seinem alten Arbeitsplatz, erkannte er sofort Thaler, am Bock daneben saß ein anderer, ihm unbekannter Mechaniker. Das Eisentor knallte wieder zu, der magere Krauskopf trat den Kickstarter der *Vespa* und fuhr los. Jetzt gab sich Seeger einen Ruck, öffnete die Tür, trat ein, schmeckte den Geruch, diesen penetranten Geruch nach altem Motorenöl, Sägespänen, Benzin, Reifengummi, Schweiß ... Thaler saß auf einem Hocker vor einer Maschine, die auf seinem Arbeitsbock stand, drehte sich herum, um zu sehen, wer da in die Werkstatt gekommen sei. Seeger ging auf ihn zu, dachte, die Werkstatt ist ja leer; außer den beiden war niemand zu sehen. Thaler starrte ihn an, der andere Mechaniker sog mit einem Strohhalm an seiner Milchpackung. Dann, als Seeger vor Thaler stand, erkannte dieser ihn endlich, er schaute entgeistert: »Das gibts ja nicht!«, suchte nach einem Putzlappen, um sich die Hände abzuwischen. Seeger streckte ihm die Hand hin: »Hallo, Herr Thaler! Wie geht's?«

Halb verlegen, halb neugierig, drückte Thaler die Hand, und jetzt, da sie sich gegenüberstanden, fand Seeger beinahe nichts Vertrautes in seinem Gesicht, es war ihm fremd, erinnerte nur entfernt an ein ihm bekanntes. Immer noch die im Mundwinkel eingeklemmte Zigarette, das war ein Anhaltspunkt, die dunkelbraunen Zähne, die Zahnlücke im

Oberkiefer, die schwarzen Bartstoppeln. In ein paar Jahren hat er eine Glatze wie Ennemoser, dachte Seeger. Für ein paar Augenblicke wußten die beiden nichts miteinander anzufangen. Seeger schaute sich um, Thaler stellte ihn seinem Kollegen vor: »Leo, komm her, das ist der Werner, der hat einmal auf deinem Platz gearbeitet.«

Im Magazinfenster, rechts von Thalers Werkbank, erschien ein Kopf mit grauen Haaren, Fröschl, der Magazineur, den gab es also noch. »Der Werner, das gibts ja nicht!« wiederholte Thaler, und vergessen war nun für Seeger das Herumstehen und Zögern vor der Werkstatt. Thaler freute sich tatsächlich, und dann kam Fröschl aus seinem Magazin, musterte Seeger, endlich blitzte das Erkennen auch in seinen Augen auf, er schüttelte heftig Seegers Hand und lächelte sein schiefes Lächeln, und Seeger sagte, er sei für ein paar Wochen herübergekommen, zum Skilaufen, er erwähnte nichts von seiner Mutter, erzählte von seinem Unfall in *Darlington* Ende Oktober, wie er wochenlang bis zum Hals eingegipst im Krankenhaus gelegen war; jetzt brauche er etwas Erholung.

Drüben könne er sich doch nicht von der Arbeit losreißen. Wenn er in Daytona wäre, sagte er, stünde er schon wieder in der Werkstatt. Dabei scheine unentwegt die Sonne, und der Strand sei nur vier Meilen entfernt. Er dachte daran, wie oft er wohl seinen Kopf durch das Magazinfenster gesteckt hatte in all den Jahren und Schrauben verlangt hatte, Beilagscheiben, Muttern oder eine Dichtung, und er fragte Thaler, wo die anderen Kollegen seien, Resch, Edi, Reisinger, Schnöll, und wen er sonst noch gekannt habe. Nur Edi sei von den Alten noch da, der habe gerade zwei Tage Urlaub, er vergrößere seine Garage. Sie seien jetzt nur noch zu dritt, und Zehentmayer halt, und Heinz, der Lehrling. Drüben in der Autowerkstatt seien sie jetzt zehn oder elf Leute; herüben sei nicht mehr viel los, im Winter schon gar nicht. Ja, Reisinger sei ja auch noch da, der arbeite im Winter drüben in der Autowerkstatt, und im Sommer helfe er hier aus, wenn viel zu tun sei. Obladovic stehe kurz vor seiner Pensionierung. »Wie lang ist es her, daß du weg bist?«

»So zwölf, dreizehn Jahre!«

»Wart«, sagte Thaler, es war im Jahr, als David den Unfall gehabt hat ...« Der Lehrling kam von seiner Probefahrt zurück, öffnete das Tor, fuhr herein, holperte mit der *Vespa* über die Schwelle, stellte den Motor ab und bockte sie auf. »Fertig!« meldete er Fröschl durchs Magazinfenster, knöpfte sich den Mantel auf und stellte sich an die Heizungsrohre, die rechts neben der Tür, die zum Magazin und zum Waschraum führte, die Wand hinaufliefen. Früher hatten sie sich im Winter um die Plätze an den warmen Heizungsrohren gerauft.

»Was ist, trinken wir ein Flascherl?« fragte Thaler, er wartete die Antwort Seegers gar nicht ab (der heute eine ausgiebige Jause für alle hatte spendieren wollen), schickte Heinz um zwei Flaschen Bier, und der knöpfte sich den Mantel zu und schwang sich wieder auf die *Vespa*. Zehentmayer kam vom Waschraum herein, auch in einem aufgeknöpften grünen Lodenmantel, an dem der linke Ärmel lose herunterhing, er hielt einen geöffneten Schuhkarton in der Hand und zeigte Thaler die Schuhe, die er sich gerade gekauft hatte, und erst als Seeger ihn anredete, erkannte ihn Zehentmayer, er grinste einfältig, hielt ihm die Hand hin: »Wie geht's?«, als wäre Seeger nur drei Tage weg gewesen. Zehentmayer schien sich nicht im geringsten verändert zu haben; immer noch dasselbe unrasierte Gesicht, dasselbe Lachen. »Ich fahr jetzt mit dem Reisinger die *Zündapp* abschleppen«, sagte er und verschwand wieder im Gang. Seeger nahm sich einen der Hocker und setzte sich zu Thaler an den Bock, auf die andere Seite. Zwischen Thaler und ihm stand das Fahrgestell der *500er Triumph,* deren Motor zerlegt auf der Werkbank lag. Thaler kratzte mit einem Schraubenzieher den verkrusteten Dreck vom Fahrwerk, immer die Zigarette zwischen den Lippen. Die Tür öffnete sich, ein Mann in Arbeitskleidung, eine Aktentasche unter dem Arm, kam herein, der Besitzer der *Triumph,* wie sich gleich herausstellte. Thaler sagte dem Kunden, die Hauptlager und das Pleuel seien heute aus Wien eingetroffen, er könne die Maschine am Mittwoch oder am Donnerstag abholen. Solche Maschinen kämen leider nur noch selten, sagte er, als der Kunde gegangen war, meistens seien es Roller oder Leichtmotorräder, die zum Service gebracht würden. Leo räumte sein Werkzeug in den Kasten, »Ich geh jetzt, ich hab heut' Kurs«, sagte er. Heinz kam mit dem Bier, stellte es auf die Werkbank, legte das Wechselgeld dazu.

Thaler bewunderte Seegers Lederjacke mit dem Pelzbesatz. Eigentlich sei er zum Skilaufen herübergekommen, wiederholte Seeger. Sie prosteten sich zu, stießen mit den Flaschen zusammen.

Er habe vorgehabt, nach Gastein zu gehen. Die Thermalbäder täten seiner Schulter bestimmt gut. Wenn er sich im Bett herumdrehe, schmerze das immer noch. Leo langte sich eine Handvoll Schmierseife aus der Dose, die Fröschl auf das Brett des Magazinfensters gestellt hatte. Er habe nie Rennfahrer werden wollen, sagte Seeger. Dabeisein, ja;

aber letzten Sommer sei er einige *Stock-Car*-Rennen gefahren, mit dem *Dodge* von Virgil, einem Kollegen. Virgil habe drüben einen Namen im *Stock-Car*-Geschäft, und er habe Virgils Wagen ein paar Jahre lang betreut, habe ihn mit zwei, drei anderen Mechanikern zu allen seinen Rennen begleitet. Seit Jahren habe er keinen Urlaub mehr gehabt, kaum einmal ein freies Wochenende. Dauernd sei er mit Virgil herumkutschiert, in ganz South Carolina und Georgia; oft seien sie von Freitag bis Montag von der Werkstatt fort gewesen.

Letztes Frühjahr, nach dem *Daytona*-Rennen, habe Virgil den Rennsport aufgegeben, und der *Dodge* sei herumgestanden, Bigwood sei sich nicht klar darüber gewesen, ob er ihn loswerden sollte, und an wen, da habe er, Seeger, den Wunsch geäußert, es einmal probieren zu dürfen, und er sei in *Talladega* gefahren, in *Fremont* und *Zanesville* (wo er einen sechsten Platz herausgefahren habe). Am 5. Oktober sei er in *Darlington* mit einem *Ford* kollidiert, sein *Dodge* habe sich einige Male überschlagen, und dann, als er endlich wieder auf seinen vier Rädern gestanden sei, habe ihn ein nachkommender Wagen noch gerammt. Der *Dodge* habe nur mehr Schrottwert gehabt. Und dabei habe die Sache grade angefangen, ihm Spaß zu machen. Ob es den Bigwood noch gebe, fragte Thaler, und Seeger: Bei dem arbeite er immer noch; aber Bigwood sei für ihn mehr so etwas wie ein Onkel. Er bewohne ein kleines Apartment im Haus von Bigwood.

Ob er verheiratet sei, fragte Fröschl, der schon umgezogen war und mit seinem Autoschlüssel in der Hand spielte. Seeger verneinte lachend. Thaler fragte, wie denn die Amerikanerinnen so seien, und Seeger darauf, sie hätten meistens die Hosen an, und er wollte ein Beispiel bringen, doch dann fiel ihm Thalers Frau ein, die Sekretärin bei *Semperit* war, von der alle, die sie einmal erlebt hatten, erzählten, daß sie Haare auf den Zähnen habe, und er verkniff sich weitere Bemerkungen. Ob denn hier gar nicht mehr zusammengekehrt werde, und er erinnerte Thaler daran, wie sie als Lehrlinge jahrelang jeden Abend den Werkstattboden gefegt hatten. »Ach wo«, meinte Thaler, »alle paar Tage einmal.« Und meistens mache er es selber, denn wenn er Heinz dabei zuschaue, werde ihm schlecht. Man dürfe ja heutzutage nichts mehr sagen zu den Lehrbuben, na ja! Heinz sei ein netter Kerl, er sei froh, daß sie überhaupt einen Lehrling bekommen hatten für die Motorradwerkstatt.

Fröschl streckte Seeger die Hand hin, mit einem fragenden Blick, und Seeger sagte, ja, er komme sicher noch einmal vorbei. »Hoffentlich schneit es bald«, fügte er hinzu. Jetzt war er mit Thaler allein in der Werkstatt. Er setzte die Flasche an die Lippen. Die Fenster, die sich über die ganze Vorderseite zogen, mit dem Blick auf den Sportplatz, waren so verdreckt, daß man kaum noch hinaussah. Die beiden großen Holztafeln an der Wand, neben der Tür zur Drehwerkstatt, waren früher jedes Jahr einmal gelb gestrichen worden, vor Weihnachten. Die Konturen der Spezialwerkzeuge, die daran aufgehängt waren, waren mit schwarzer Farbe nachgemalt worden, sodaß man immer sah, wo jedes Gerät seinen Platz hatte. Nun waren die Tafeln verschmiert von Fingerabdrücken; an den Abziehern, Spezialschraubenschlüsseln und Zangen klebte der Dreck, und einige Stücke fehlten. Auf der linken Seite immer noch die firmeneigenen »Eintauschfahrzeuge«, Motorräder und Roller, die während der Wintermonate überholt wurden und dann, wenn sie wieder nach etwas aussahen, ins Geschäft hinaufgebracht wurden.

Der vordere Teil der Werkstatt, wo die Arbeitsböcke standen, hatte einen Holzboden, und dieser war dick mit einer Schicht von Öl, Sägespänen, Petroleum und Dreck überzogen, eine Masse, die sie früher als Lehrlinge jeden Freitagabend mit der Schaufel wegkratzten, bis der Holzboden zum Vorschein kam; dazu mußten sie die Böcke auf die Seite schieben. Jetzt sah es so aus, als sei der Boden schon monatelang nicht mehr gesäubert worden. Die Schleifmaschine auf dem mannshohen Sockel neben Edis Bock war so verstaubt, daß sie nicht mehr in Betrieb sein konnte.

»Schaut ein bißchen anders aus, was?« fragte Thaler.

»Wir sind nur noch zu viert, zum Saubermachen haben wir keine Zeit.« Vorhin hat er gesagt, sie hätten nicht viel zu tun, dachte Seeger. Ob es den alten Sunkler noch gebe, fragte er, und Thaler erwiderte, der sei vor zwei Jahren im Frühjahr verstorben, kurz nach seiner Frau. Sein Schwiegersohn, der Riermaier, habe die Werkstätten übernommen, der kümmere sich aber nur um die Autowerkstatt; nur dort werde investiert. Sie äßen hier quasi das Gnadenbrot. In der Motorradwerkstatt ließe sich Riermaier kaum einmal blicken. Er sei auch gar nicht heiß darauf, ihn zu sehen. Hellgraue Maßanzüge trage der mit Vorliebe. Ein paarmal sei auch schon darüber geredet worden, die Motorradwerkstatt zu schließen. Aber solange sie im Geschäft oben Zweiradfahrzeuge verkauften, müsse auch eine Servicestation da sein. Seit einem Jahr gehe übrigens auch das Motorradgeschäft wieder besser.

Ein junger Mechaniker aus der Autowerkstatt tauchte

dann in der Türöffnung auf, Zigarette im Mundwinkel, die Ärmel hochgekrempelt. Er trocknete sich mit einem Handtuch Arme und Hände ab und fragte Thaler, ob er fertig sei. »Ja, stimmt!« rief Thaler und wandte sich Seeger zu. »Bist mir nicht böse, ich muß mit dem Balthasar nach Anif, einen Pfusch machen.« Er trank den Rest der Flasche aus.

»Dann sehen wir uns ja noch einmal.« Seeger stellte seine Flasche auf die Werkbank und folgte Thaler in den Gang hinaus, der in den Waschraum führte. Es roch nach Schweiß und Benzin. Die Lehrlinge spritzten wohl immer noch im Waschbecken Gehäuseteile ab, die sie zuerst mit Petroleum oder Benzin wuschen und dann mit Preßluft trockneten. Von der Kellertreppe drang dumpfe Hitze herauf. Seeger mochte nicht bei den vielen fremden Mechanikern der Autowerkstatt bleiben, die jetzt alle mit aufgekrempelten Ärmeln um die Waschanlage herumstanden, er gab Thaler die Hand und ging zur Hintertür hinaus.

Draußen war es schon dunkel, und die Vogelweiderstraße zeigte sich ihm wie am Vortag.

Ihm war jetzt freier zumute. Es war wie nach dem letzten Arztbesuch in Daytona, als der Doktor ihm gesagt hatte, die Rippen seien wieder schön zusammengewachsen und auch die Schulter sei gut verheilt.

Die ganze Zeit hatte Seeger gleichzeitig gefürchtet und gehofft, die Rede werde auf David kommen, und jetzt war er froh, daß Thaler ihn nur nebenbei erwähnt hatte. Mußte hier sein überstürzter Weggang damals nicht wie Flucht ausgesehen haben? Dieser Gedanke war ihm all die Jahre immer wieder durch den Kopf gegangen. Vielleicht dachten sie auch nur, er habe einfach die Chance, die Bigwood ihm geboten hatte, ergriffen. Wenn er an Thaler dachte, der nun seit fünfundzwanzig Jahren immer in derselben Werkstatt, am selben Arbeitsplatz arbeitete und lebte – unwillkürlich verhielt er den Schritt bei dem Gedanken, auch er wäre nie hier herausgekommen.

Im Vergleich zu der weiträumigen, hellen, modern eingerichteten Werkstatt in Daytona war die Sunklersche Werkstatt ein finsteres, schmutziges Loch. Und trotzdem hatte er sich immer wieder hierher zurückgesehnt. Thaler war jetzt Werkmeister, wie damals Ennemoser, und er hatte jetzt auch sein Alter.

Damals, als Seeger Lehrling war, hatte er sich nicht vorstellen können, daß er eines Tages wie Ennemoser fünfundvierzig Jahre alt sein könnte. Er hatte sich kaum das Leben jenseits der Dreißig ausmalen können. Und nun war er selbst in einigen Monaten zweiunddreißig Jahre alt. Aber eigentlich, so schien es ihm, während er die Halle des *Rupertihofes* betrat, war er immer noch der Bursche, der mit vierzehn Jahren die Düsternis seines Elternhauses verlassen hatte, der dann Logiergast bei seinem Onkel in der Stadt wurde, mehr geduldet als erwünscht.

Langsam begriff Seeger, daß es die Werkstatt, die damals seine Welt, die Kollegenschaft, die für ihn wie eine Familie gewesen war, nicht mehr gab; sie existierte nur noch in seiner Erinnerung. Die Sommerabende im Hof, nachdem alle Gesellen und der Meister nach Hause gefahren waren, wenn David, Friedl und er nach dem Zusammenräumen die Maschinen in die Werkstatt geschoben und aufgebockt hatten, wenn sie sich dann jeder auf eine Maschine gesetzt und sich über ein *Speedway*-Rennen unterhalten hatten, oder davon redeten, welche Maschine sie sich später einmal kaufen würden ... Trat er jetzt in die Werkstatt, in diese mit ausrangierten alten Maschinen vollgeräumte, schmutzige Bude, so konnte er sich gar nicht mehr vorstellen, wie es damals war, als bis zu zehn Mechaniker in der Werkstatt gearbeitet hatten. In seiner Erinnerung war sie viel geräumiger gewesen.

Trotzdem zog es ihn wieder hin. Manchmal kam er sich jetzt überflüssig vor, wenn er bei Thaler stand und ihm zusah, wie er mit heftigen Bewegungen einen Reifen von der Felge löste, oder einen Zylinderkopf abschliff.

Die Fahrt nach Mühlbach verschob er von einem Tag auf den andern. Er hatte seinem Vater von Daytona aus einen kurzen Brief geschrieben, aber kein Ankunftsdatum genannt. War es nicht gleichgültig, ob er die Blumen, die er besorgen wollte, ein paar Tage früher oder später auf das Grab seiner Mutter legte?

Er saß beim Abendessen im *Rupertihof*. Außer ihm waren nur vier Burschen in der Gaststube, die Karten spielten und sich im Pongauer Dialekt unterhielten. Er wußte auch noch nicht, ob er es mit einem Besuch am Mühlbacher Friedhof bewenden lassen oder ob er auf der Rückfahrt, ein paar Kilometer außerhalb, an der *Maut* aussteigen und seinen Vater besuchen sollte. Er sah sich das Eisentürchen am Eingang zum Friedhof öffnen, das Grab suchen, und er sah sich die schwere Holztür seines Vaterhauses aufmachen, des Gasthauses *Zur Maut*, das an der vielkurvigen, dem schroffen Felsabhang folgenden Gebirgsstraße lag und das nur im Hochsommer eine halbe Stunde am Tag Sonnenlicht auffing.

Er konnte ganz gut ohne seinen Vater leben, der sich in

seinem ganzen Leben nie um ihn gekümmert hatte, ja, er hatte öfter daran gezweifelt, ob sein wirklicher Vater nicht ein anderer sei. Es war zum Krach gekommen, als Seeger zwei Wochen vor seiner Abreise zu Hause die Eltern vor die Tatsache seiner Reise nach Amerika gestellt hatte. Als seine Mutter ihn in Schutz nehmen wollte, hatte der Vater sie gegen die Wand geworfen. Seeger hatte von Daytona aus in den ersten zwei Jahren einige Male nach Hause geschrieben, aber nie eine Antwort erhalten. Er hätte sich gern den alten Bliem zum Vater gewünscht, der in Mühlbach eine winzige Werkstatt führte, in der er Traktoren, Motorräder und Autos reparierte. Es war Seegers größter Kummer gewesen, als er zwölf oder dreizehn Jahre alt gewesen war, daß Bliem sich keinen Lehrbuben leisten konnte, er arbeitete allein. In den Schulferien hatte Seeger dem Alten ab und zu helfen dürfen.

Sein Vater hätte lieber gesehen, er wäre Lastwagenchauffeur geworden, die zählten zu seinen besten Kunden, und er sah, daß sie gut verdienten. Seeger versuchte sich vorzustellen, was aus ihm geworden wäre, hätte ihm nicht Onkel Luis geholfen, in der Stadt eine Lehrstelle zu finden.

Am Nachmittag stand er wieder bei Thaler in der Werkstatt. Es jucke ihn, in eine *Blaue* zu schlüpfen, sich eine Maschine, eine von den abgetakelten *Eigenen*, auf den Bock zu stellen und zu zerlegen.

»Wenn's dir Spaß macht, dann tu's doch.« Seeger war sich nicht klar darüber, ob Thaler es ernst meinte. Ihm fiel auf, daß er Thaler immer noch mit »Sie« anredete, und dachte, er hätte ihn gleich beim ersten Mal duzen sollen. Thaler war ja damals, als Seeger in die Werkstatt eingetreten war, bereits erster Geselle, nun war er schon lange Meister, und das *Du* war Seeger nicht auf die Zunge gekommen, obwohl er sicher war, Thaler habe es ihm nach der Gesellenprüfung angeboten.

»Jetzt kommt einer, der eine Jause zahlt!« rief Edi, als Seeger am nächsten Tag die Werkstattür öffnete. Er schien sich überhaupt nicht verändert zu haben. Sogleich alberten sie drauflos, als stünden keine dreizehn Jahre zwischen ihnen. Edi boxte ihn in die Rippen, daß er vor Schmerz aufstöhnte und sein Lachen in einem Hustenanfall erstickte.

Was Thaler nicht vermocht hatte, Edi brachte es fertig, Seeger fühlte sich wieder heimisch in der Werkstatt. Er ließ sie alle eine ausgiebige Brotzeit bestellen, und Heinz war eine halbe Stunde unterwegs, bis er alles beisammen hatte. Edi hatte noch seinen alten Bock, rechts neben der Tür, obwohl vorne an der langen Werkbank noch zwei Arbeitsböcke frei waren. Edis Platz war früher der der frischgebakkenen Gesellen gewesen. Vorne hatten nur die altgedienten Mechaniker ihre Plätze, und mancher Geselle hatte jahrelang auf dem Pflasterboden oder auf Edis Platz gearbeitet, ehe vorne ein Bock frei wurde. »Hier sehe ich wenigstens die Visage vom Fröschl nicht, wenn der bei seinem Loch herausschaut«, sagte Edi.

Seeger mußte seinen Anorak öffnen und von Edi begutachten lassen. Er zog die Lederjacke nicht mehr an, wenn er in die Werkstatt ging, sie erschien ihm zu vornehm, außerdem hatte er Angst, sie zu beschmutzen. »Kannst dich noch erinnern«, sagte er zu Edi, »diese *besseren Kunden*, die uns am liebsten keinen Augenblick mit ihren Maschinen allein gelassen hätten, diese Spinner, die während der Reparatur herumstanden, weißt du noch, wie wir die zum Werkstattor hinausgescheucht haben?« Edi lachte. Einen Batzen Staufferfett unauffällig an die Kante des Bockes oder unter die Werkbank geschmiert, und auf einmal hatte so ein Heini an seiner Hose oder an seinem Jackenärmel einen roten Fleck. Sogar Ennemoser hatte, wenn er so was bemerkte, zum Kunden gesagt, hier werde eben gearbeitet, und er hatte auf das Schild an der Wand über der Schleifmaschine gedeutet: »Aufenthalt in der Werkstatt auf eigene Gefahr«. Einige waren dann trotzdem mit verbissenem Gesicht in der Werkstatt geblieben, als müßten sie jeden Handgriff der Mechaniker überwachen.

Sie kauten noch an ihren Schinkenweckerln, als ein Kunde in die Werkstatt kam, ein Mann mit Lederhaube und Gummimantel, er vergaß, beim Eintreten die Schutzbrille hochzuschieben. Sein *Puchroller* ziehe nicht mehr recht. Im letzten Winter sei es dasselbe gewesen, die Auspuffanlage sei damals entrußt worden, dann sei er wieder sauber gelaufen. Thaler sagte, sie würden das feststellen, und er gab Edi einen Wink. Ob es bis zum Abend noch gemacht werden könne, fragte der Mann, er habe ohnehin noch einiges in der Stadt zu erledigen. »Der Kollege schiebt ihn ja schon herein!« rief Thaler und griff wieder nach seinem Wecken. Seeger half Edi beim Hochheben des Fahrzeugs auf den Bock, hielt dann die Motorhaube am hinten angeschraubten Reserverad, während Edi den Vergaserschlauch abnahm, die Haltebolzen am vorderen Scharnier lockerte und hinausstieß. Gemeinsam hoben sie die Blechhaube vom Fahrgestell ab und stellten sie auf den Boden. Während Edi den Auspuffkrümmer und den Topf abmontierte, redeten sie vom Skilaufen. »Ans Heiraten denkst du wohl nicht?« fragte Edi dann. Er schubste die heiße Zündkerze von einer

Hand in die andere und reinigte dann mit einem Schraubenzieher die Elektrode.

Seeger wiederholte, was er vor ein paar Tagen Fröschl gesagt hatte. Es fiel ihm jetzt ein, daß er Patsy eine Karte schreiben wollte, und bei dem Gedanken an sie durchströmte ihn ein prickelndes Gefühl, und er sagte zu Edi, die Tochter vom Bigwood stehe auf ihn. Als er es ausgesprochen hatte, hätte er den Satz gern wieder zurückgenommen, und er fragte Edi rasch, ob man wisse, was aus Gunzenhauser geworden sei, aber Edi fluchte jetzt, weil der Topf am Rohr angerostet war. »Kommst du mit?« fragte er dann, und Seeger folgte ihm in den Schweißraum.

Sie gingen durch die links an die Werkstatt anschließende Drehwerkstatt, die, wie Edi sagte, nur noch von den Automechanikern benutzt wurde. Früher standen da in der Ecke die beiden Rennmaschinen von Gunzenhauser und Luksch. Jetzt war der Raum leer, nur neben der Drehbank stand eine riesige, hohe Kiste, die halb gefüllt war mit Drehspänen, zusammengeringelt wie Engelslocken. Der anschließende Schweißraum war noch genau so wie früher. Die Gas- und Sauerstoffflaschen, das Eisentischchen mit den Schamott-Ziegeln, der Köcher mit den Schweißstäben. Seeger erinnerte sich an die Angst, die er vor den Gasflaschen gehabt hatte. An einem der ersten Lehrtage in der Motorradwerkstatt hatte Meister Ennemoser ihm befohlen, er solle die Flaschen auswechseln. Der Fahrer von der *AGA*, der die neuen Flaschen lieferte, hatte diese vom Lastwagen bereits abgeladen und kunstfertig bis vor die Werkstatt gerollt, wo Seeger sie übernehmen sollte. Er war dagestanden, mit der riesigen Stahlflasche in den Armen, und hatte keine Ahnung gehabt, wie er damit vom Fleck kommen sollte.

Die Flasche war viel zu schwer, um getragen zu werden, er getraute sich nicht, sie zu rollen, er fürchtete, die Flasche könnte ihm entgleiten. Die Gesellen, Resch, Thaler und andere, forderten ihn auf, als sie seine Unbeholfenheit und Angst bemerkten: »Na komm schon! Mach schon! Hältst du dein Mädel beim Tanzen auch so steif? Paß auf! Wenn du die fallen läßt, dann explodiert sie!« David war dann wohl gekommen und hatte ihm das schwere, zwei Meter hohe Ding abgenommen, ihm gezeigt, wie man damit fertigwurde, und tröstend gesagt, ihm sei es auch so ergangen.

Wahrscheinlich, dachte Seeger, habe ich später genauso gelacht und gespöttelt, wenn ein Neuling sich so anstellte. Der Auspufftopf, den Edi ausbrannte, begann zu qualmen, der Schweißraum verdunkelte sich, und Seeger rief, das stinke ihm zu sehr. Er ging hinaus, durchquerte die Drehwerkstatt und fand sich in der Motorradwerkstatt allein mit Heinz und Zehentmayer. Heinz reinigte den Motorblock einer *175er Puch* mit Pinsel und Petroleum, aß dabei eine Semmel mit Leberkäs. Zehentmayer hatte eine *Eigene* auf seinem Bock. Mit der rechten Hand deutete er auf seine linke Achsel, zu seinem Armstumpf: »Es kommt Schnee, ich spür's.« »Ich schau einmal hinüber in die Autowerkstatt«, sagte Seeger, er hatte keine Scheu mehr davor, ging in den Verbindungsgang hinaus. Im Waschraum war eine Spindtür geöffnet, auf der Innenseite hing ein Plakat, eine nackte Blondine mit Schaftstiefeln auf einer *Moto Guzzi*. Als er die Tür zur Autowerkstatt aufmachte, fand er sich nicht mehr zurecht. Das war nun eine modern eingerichtete Werkstatt, mit Hebebühnen, Kränen und neuen Werkbänken. Keiner der sechs oder sieben Mechaniker achtete auf ihn. Er sah Obladovic über einen *Renault* gebeugt, den

Kopf unter der Motorhaube, hatte aber keine Lust, zu ihm hinzugehen. Er grüßte Reisinger mit einer Handbewegung, wollte ihn nicht stören, er verhandelte gerade mit einem Kunden.

Alle Mechaniker steckten in grauen Overalls, mit dem *Renault*-Zeichen auf der Brusttasche. Schade, daß es den alten Markus nicht mehr gab, ihn hätte er gern noch einmal gesehen. Er war damals, als Seeger wegging, schon über siebzig Jahre alt gewesen und hatte von einer Pensionierung nichts wissen wollen. Tag für Tag, pünktlich wie ein Uhrwerk, war er mit seinem *Miele-Sachs,* einem Vorkriegsmodell, zur Werkstatt gerollt, im blauen Arbeitsmantel. Er hatte eine lichte Mähne weißen Haares und ein rötliches Gesicht mit lustigen Augen.

Markus war Werkmeister der Autowerkstatt, und Seeger hatte nie ein böses, ungerechtes Wort von ihm zu hören bekommen. Horvaths Werkbank war nicht mehr da, an der Stelle war ein kleiner Raum, mit Glaswänden von der übrigen Werkstatt getrennt, »Reparatur-Annahme« stand an der Tür. Plötzlich fiel ihm sein erster Lehrtag in der Autowerkstatt ein, er winkte Reisinger noch einmal zu, verließ die Werkstatt durch das vordere Kipptor und ging außen herum zurück in die Motorradwerkstatt.

Er könne sich noch gut erinnern, wie Seeger zum ersten Mal in der Werkstatt aufgetaucht sei, sagte Edi. »Ein Dreikäsehoch bist du gewesen, schmal und verschreckt. Jedesmal, wenn Ennemoser irgendwo gebrüllt hat, hast du gezittert.«

Seeger darauf: Er habe zuerst ein paar Monate in der Autowerkstatt verbracht, bei Horvath, dem Spengler, und als der weggegangen sei, eine Zeitlang mit Roider. Davon wußte Edi nichts mehr. Thaler rief nach einer Zigarette, Edi warf ihm ein angebrochenes Päckchen hinüber. »Beim Jausenholen warst du der Langsamste.« »Ja, um mich beim Ennemoser gut zu stellen, hab ich ihm den heißen Leberkäse immer beim Metzger in der Linzer Gasse geholt.« Friedl fiel ihm ein, den einmal einer der Gesellen erwischt hatte, als er während des Jausenholens im Gasthaus *Wegscheid* saß, ein Glas Bier vor sich. Er fragte Edi, ob er wisse, wohin es Friedl verschlagen habe. »Hilf mir die Haube aufsetzen«, bat Edi. Er hatte mittlerweile den Auspuff wieder montiert. Die Uhr über der Werkbank zeigte zehn Minuten vor fünf. Sie hoben die Blechverkleidung aufs Fahrgestell des Rollers. Der Friedl sei Pannenfahrer beim *ARBÖ*, schon seit Jahren. Nachdem Edi alles angeschlossen und festgeschraubt hatte, hoben sie den *Puchroller* vom Bock, Edi drückte den elektrischen Anlasser, drehte das Scheinwerferlicht an und fuhr zur Vogelweiderstraße hinaus.

Seeger ging in die andere Richtung, sah, wie Reisinger die Kipptore der Autowerkstatt herunterließ, hörte sie zuknallen, er dachte an seinen ersten Lehrtag, und wie schwer es ihm gefallen war, die ersten Wochen durchzustehen. Nach ein, zwei Jahren, als er in verschiedene Werkstätten hineingeschaut und sich auf der Berufsschule mit anderen Lehrlingen unterhalten hatte, wußte er, daß sie bei Sunkler noch verhältnismäßig gut dran waren. Sie steckten kaum einmal Ohrfeigen ein, und Resch redete mit ihm wie mit einem Menschen.

Ennemoser hatte halt zeitweise die Gewohnheit gehabt, Lehrlinge brüllend herumzukommandieren. Horvath drohte oft mit Watschen und war schnell mit der Bezeichnung »Trottel« bei der Hand, aber Seeger konnte sich nicht erinnern, von ihm gewatscht worden zu sein. Er war Horvath oder Roider unterstellt, mußte tun, was sie sagten. Ohne Erlaubnis durfte er sich nicht von der Stelle rühren. Wenn sie es aber anschafften, mußte er für sie in die Wäscherei, um Zigaretten, oder Jause holen, immer mußte er hellwach sein, ihnen ihre Wünsche vom Mienenspiel ablesen, ihnen den richtigen Schraubenschlüssel reichen, immer ängstlich, ihnen ja alles recht zu machen.

Er erinnerte sich, wie er an jenem Montagmorgen im Juli viel zu früh bei der Werkstatt angekommen war, einerseits stolz, daß er nun auch zu der Schar von Leuten gehörte, die in der Früh unterwegs zu ihren Arbeitsplätzen war, andererseits voller Bangigkeit im Herzen vor der Werkstatt mit all den fremden Mechanikern, dem Meister, vor der Arbeit an den Motoren, die ihm geheimnisvoll und schwierig vorkam. Als er sein Rad am Radständer vor dem langgezogenen Werkstattgebäude abstellte, stand da schon ein Lehrling in einem ladenfrischen blauen Arbeitsanzug. Es war Fritz, und er war wie Seeger der Autowerkstatt zugeteilt. Gleich darauf kamen noch zwei Lehrlinge mit ihren Fahrrädern. Friedl und David, beide für die Motorradwerkstatt aufgenommen. Sie waren beim Radständer stehengeblieben und hatten gewartet, bis die Tore geöffnet wurden. Es war ihnen allen beklommen zumute gewesen, und sie hatten nichts miteinander geredet.

Nach und nach waren die Mechaniker mit ihren Motorrädern angefahren gekommen. Sie hatten sie unter den Bäumen abgestellt oder gegen die Mauer gelehnt und waren durch eine kleine Eisentür neben dem Tor verschwunden.

Seegers Erinnerung setzte erst wieder ein, als er sich schon an der Werkbank von Herrn Horvath stehen sah, den Schweißbrenner in der Hand. Horvath hatte ihm gezeigt, wie man ihn anzündet, wie man Gas und Sauerstoff dosiert. Als um halb acht die Tore geöffnet worden waren, war er wohl mit Fritz hineingegangen, und Herr Markus, der Meister, hatte sie empfangen, sie den Gesellen vorgestellt, Fritz Herrn Obladovic zugeteilt, einem älteren, dunkelhäutigen Gesellen, und Seeger zu Horvath, dem Spengler. Seegers Stimmung war sofort auf den Nullpunkt gesunken. Er hatte nicht erwartet, daß er lernen sollte, Blech zu klopfen. Aber es blieb keine Zeit, um den Kopf hängen zu lassen, Horvath spannte ihn gleich ein. Er mußte den Schweißbrenner halten, während Horvath an einem Kotflügel hämmerte, der im Schraubstock zwischen zwei Holzblöcken eingeklemmt war. Zwischendurch reichte Seeger ihm die Flamme. Horvath wärmte das Blech rund um die zu bearbeitende Stelle an, bis es dunkelrot zu glühen begann und der Lack schmolz, was unangenehm roch, drückte Seeger blitzschnell den Brenner in die Hand, langte nach seinem Werkzeug, Hammer und Metall-Ei, begann zu hämmern, und nach einer Weile durfte Seeger selber das Blech mit kreisender Bewegung anwärmen.

In den Pausen, wenn Horvath klopfte, prägte sich Seeger das Innere der Werkstatthalle ein. Die lange Reihe der hohen Fenster an der Stirnseite, gegenüber den Kipptoren. Links von Horvaths Werkbank der Durchgang zum Waschraum und zur Motorradwerkstatt.

Am anderen Ende der Werkstatt, beim hinteren Kipptor, die Grube, auf der drei Wagen Platz hatten. (Später staunte er, mit welcher Geschicklichkeit Roider mit den Autos über die Grube fuhr, ohne mit einem Rad die Leitschienen zu verfehlen.) Ganz hinten, an der Wand, standen zwei alte PKWs aufgebockt, Vorkriegsmodelle von *Steyr* und *Auto-Union*. Roider, der junge Geselle mit dem Tiroler Dialekt, hatte seine Werkbank neben der Grube. Über der Werkbank hing ein Plakat von *Firestone,* ein Mädchen in einem gelben Bikini trieb mit der Hand einen Reifen vor sich her.

Seeger lernte bald das Repertoire von Roiders Flüchen kennen: von »Hur', verdammte Hur'!«, wenn er sich mit einer eingerosteten Schraube abplagte, bis zu »Kruzifix, bluadiger Hund!«

Am ersten Tag, während sie an einem *Fiat* den Kotflügel montierten, sagte Horvath, wenn Seeger bei ihm arbeiten wolle, dann müsse er sich anstrengen. Seeger lag auf dem Pflaster, steckte die Schrauben in die Löcher und zog sie fest, andauernd bröckelte ihm verkrustete Erde von der Innenseite des Kotflügels ins Gesicht und in die Augen. So einen wie Felix könne er nicht gebrauchen, sagte Horvath; lieber arbeite er allein. Ich will ja gar nicht mit ihm arbeiten, dachte Seeger, aber mit Obladovic noch weniger, und auch dem rothaarigen Roider traute er nicht. Als Roider beim vorderen Tor hereinkam und mit dem Fuß an einen Werkzeugkasten stieß – wahrscheinlich an seinen eigenen –, war er so wütend geworden, daß er dem Kasten einen Tritt versetzte, worauf dieser umkippte und das Werkzeug sich auf dem Boden verstreute. Darauf ließ Roider eine ganze Kaskade von Flüchen los. »Hast du die Schrauben fest angezogen? Schläfst du?!« Das war Horvath. »Na, dann wollen wir einmal sehen!« Seeger kroch unter dem Kotflügel hervor und reichte Horvath den Schraubenschlüssel. Roider hatte seinen Ärger abreagiert, er sang, mit seiner hohen, weinerlich klingenden Stimme. Als das Vorderrad an dem *Fiat* montiert war, räumte Seeger das Werkzeug zusammen und wischte die Werkbank ab. Horvath holte ein Jausenpäckchen aus seinem Spind, schnitt mit dem Taschenmesser kleine Stücke von seinem Wurstbrot ab. Schon in den ersten Stunden hatte Seeger gemerkt, daß in der Autowerkstatt nicht viel Betrieb war. Außer dem *Fiat*, an dem sie gearbeitet hatten, war kein Wagen zur Reparatur dagewesen.

Obladovic feilte an einem Stück Eisen, das in seinem Schraubstock eingespannt war, und Fritz stand dabei, die Hände auf dem Rücken. Obwohl es zu regnen anfing, arbeitete Roider vor der Werkstatt weiter an seinem eigenen *Puch*-Motorrad, er kam mit dem Luftfilter herein, nahm den Schlauch mit der Preßluft, blies den Filter durch und sang »Tirol, Tirol, du bist so schön, so schön, wer weiß, wann wir uns wiedersehn …«

Herr Markus trug seinen Korbstuhl, der vor der Werkstatt gestanden war, herein. Auf seinem Tisch im Magazin lag eine Menge Papierkram, beschwert von einem Kugellager; auch ein altes Radio hatte er dort stehen. Am Nachmittag lernten sie Felix kennen, den älteren Lehrling, er war schon im dritten Jahr. Herr Markus sagte, die Grube müsse gereinigt werden, und Felix zeigte ihnen, wie es gemacht wurde. Er genoß es, daß er dieses Amt endlich abgeben konnte, so wie das allabendliche Zusammenkehren und Aufräumen der Werkstatt. Die Grube war schwarz vor Dreck und verdicktem Altöl. Gerade, als sie dabei waren, den Boden mit der Schaufel abzukratzen, hörten sie die Stimme des Chefs in der Werkstatt. Herr Sunkler sah auch nach den neuen Lehrlingen, er stand oben am Rand der Grube, schaute zu ihnen herunter, nickte ihnen kurz zu.

»Na, besonders freundlich war das nicht«, meinte Seeger. »Vielleicht ist es ihm peinlich, daß man uns schon am ersten Tag eine solche Dreckarbeit gibt«, erwiderte Fritz.

Am nächsten Tag bekam Obladovic Arbeit, einen Vorkriegs-*Citroën*. Fritz mußte den Wagen an allen vier Enden bei den Achsen aufbocken. Obladovic erklärte ihm, wo er die Wagenheber ansetzen mußte. Seeger lag unter einem Wagen daneben und mühte sich, die eingerosteten Schrauben der Stoßstange zu lockern. Nachdem Fritz den *Citroën* hochgehoben und Holzblöcke unter die Radachsen geschoben hatte und eben dabei war, das zweite Vorderrad zu demontieren, kippte der Wagen seitwärts weg und krachte zusammen. Obladovic begann fürchterlich zu schreien, nannte Fritz einen Idioten, den man zu nichts gebrauchen könne.

Das nahm sich Fritz so zu Herzen, daß er sich am dritten Tag nicht mehr blicken ließ. Felix sagte, es sei schon ein paarmal vorgekommen, daß Lehrlinge nach ein paar Tagen einfach weggeblieben seien. Er fragte Seeger vorsichtig, ob er denn bleibe.

Er merkte, Felix hatte Angst, seine eben erlangten Privilegien als Rangältester unter den Lehrlingen wieder zu verlieren.

Seeger hatte Respekt vor Horvath, er war froh, nicht mit Obladovic arbeiten zu müssen, aber er mochte die Spenglerei nicht. Er wollte Motoren zerlegen und sich das Zusammenspiel der Einzelteile einprägen. War Horvath nicht in der Halle, versuchte Roider ihm etwas anzuschaffen: in die Grube steigen und an einem Wagen die Nippel abschmieren, Bremstrommeln ausschmirgeln. Gehorchte Seeger nicht sofort, drohte ihm Roider mit ein paar Watschen. Tat er, was Roider verlangte, dann schimpfte ihn Horvath, wenn Seeger bei seiner Rückkehr nicht auf seinem Platz war, auch wenn dort nichts zu tun war. Er sei *sein* Lehrbub, und wenn ihm jemand etwas anschaffen wolle, dann habe er zuerst ihn zu fragen.

Obladovic ließ Seeger in Ruhe, er arbeitete allein, meistens bastelte er am Abschleppwagen der Firma, einem alten *Ford*, der selbst manchmal abgeschleppt werden mußte. Am liebsten war ihm Herr Markus. Manchmal, wenn Horvath ihn ins Magazin schickte, um ein Ersatzteil oder um Schrauben, und Markus saß gerade in seinem Korbsessel vor der Werkstatt, war zu bequem, sich zu erheben, dann sagte er zu Seeger, er solle sich holen, was er brauche, und es ihm dann später ansagen. Und da er alles immer rasch fand, ließ Markus ihn jederzeit ins Magazin, und er war noch keinen Monat in der Werkstatt, da kannte er sich dort besser aus als Felix oder Roider. Obladovic war Sudetendeutscher, eigentlich Maschinenschlosser, er redete, als habe er Kautabak im Mund, war manchmal gar nicht zu verstehen. Fragte man aber zurück, was er gemeint habe, rief er, man solle die Ohren aufsperren und nicht schlafen. Statt Motor sagte er immer Maschine. Seeger hatte Respekt vor seiner Kraft, wenn er am Amboß stand und mit dem schweren Hammer und mit Hilfe des Schweißbrenners ein Stück glühendes Eisen schmiedete. Eines Tages hörte Seeger, wie Obladovic zu einem Kunden sagte, nachdem er sich den Lauf des Motors eine Weile angehört hatte, bei seinem Wagen müsse die Maschine heraus. Wahrscheinlich seien es die Pleuellager. Der Kunde schüttelte ungläubig den Kopf, ging zu Roider hinüber, Roider setzte sich in den Wagen, fuhr einmal die Vogelweiderstraße hinunter und sagte, als er zurückkam und aus dem Wagen stieg, es sei wahrscheinlich bloß der Keilriemen, der locker sei. Von da an hatte Seeger Obladovic als Mechaniker nicht mehr ernst genommen.

Wenn Horvath nichts zu tun hatte für Seeger, weil er selber keine Arbeit hatte, dann erlaubte er ihm nach und nach immer öfter, Roider zu helfen. Seeger mußte dann in die Grube steigen, die Ölablaßschraube an einem Motor öffnen und mit einer Wanne den Strahl des ausfließenden schmutzigen Öls auffangen, Batteriewasser nachfüllen, abschmieren, Reifendruck messen und andere kleine Arbeiten, die Roider ihn allmählich selbständig tun ließ. Von ihm erfuhr Seeger, Felix könne nach drei Lehrjahren immer noch keinen Motor zusammenbauen. Er habe sich auch nie sonderlich für die Materie interessiert, habe sich lieber als Botenjunge herumschicken lassen, habe die Außenwand der Werkstatt gestrichen, die Dachpappe frisch geteert, die Blumen der Chefin gegossen. Viel Gelegenheit, etwas Ordentliches zu lernen, habe er auch in dieser Werkstatt gar nicht gehabt. Jetzt stehe er bald vor der Gesellenprüfung, und ihm sei es ein Rätsel, wie Felix die bestehen solle.

An einem der ersten Tage rief Horvath, der vor dem stinkenden Dreirad-Lieferwagen einer Käserei hockte, Seeger solle ihm sein Klopfeisen, das eiförmige, bringen, es liege auf dem Schweißtisch. Seeger ging zum Tisch, nahm das glatte, runde Eisenstück und ließ es im selben Augenblick mit einem Fluch wieder fallen. Horvath, oder Roider, hatte das Eisen mit dem Schweißbrenner vorher angewärmt. Jetzt lachten sie, aber Seeger machte kein Aufsehen daraus, hielt seine Hand in die Wanne mit dem Altöl.

Wehmütig beobachtete er manchmal, wenn er im Freien arbeitete, David oder Friedl vorne bei der Motorradwerkstatt. Wenn sie auch bloß ein Motorrad mit Pinsel und Petroleum putzten, und meistens taten sie nichts anderes, Seeger beneidete sie und wünschte sich, mit ihnen zu arbeiten. Als Herr Sunkler ihm bei seiner Bewerbung gesagt hatte, in der Motorradwerkstatt sei kein Lehrplatz frei, nur in der Autowerkstatt, da hatte er zugesagt, mit dem Hintergedanken, später alles zu versuchen, um zu den Motorrädern überzuwechseln. Horvath hatte bald herausgefunden, daß Seeger kein Interesse an der Autospenglerei hatte, daß sein Handwerk Seeger nichts bedeutete. Manchmal erzählte er ihm von seiner eigenen Lehrzeit in Prag, wieviele Ohrfeigen er Tag für Tag hatte einstecken müssen; von seinem Gesellenstück, einem aus getriebenem Silber angefertigten Reiseköfferchen, das ihm später ein Baron Stumm abgekauft hatte. Die Schubladen von Horvaths Werkbank waren wahre Schatzkästen. Es gab wohl kein Kleinteil, das er nicht dabeihatte. Jahrzehntelang hatte er die Schrauben, Nieten, Splinte, Distanzrollen, Dichtungsringe gesammelt und in jede neue Stellung mitgebracht, wie seinen Hammer und seine Klopfeisen. Er brauchte nie Markus zu bemühen, wenn er nicht wollte, er hatte alles an Kleinmaterial in seinen Laden, hatte sein eigenes kleines Magazin, und oft kamen Mechaniker aus der Motorradwerkstatt und fragten ihn nach einer Spezialschraube.

Manchmal gab es Streit zwischen Markus und ihm, wenn Markus ihm vorwarf, er sage ihm nie an, was er an Kleinteilen verwendet habe bei einem Wagen; wie er es dem Kunden anrechnen solle. Horvath sprach nicht sehr schmeichelhaft über Frauen. Er verwendete Ausdrücke, die Seeger erröten ließen. Alle seien anspruchsvolle Luder, und Schlimmeres. Aber manchmal erschien eine Dame in der

Werkstatt, sie trug ein Kopftuch und eine dunkle Brille, paßte nicht zu ihnen in die Werkstatt. Sie war nicht zu vergleichen mit den Mädels, die ab und zu abends vor der Werkstatt standen und sich von einem Gesellen nach Hause fahren ließen. Horvath tat so, als sei er nicht scharf auf ihren Besuch. Sie unterhielten sich eine Weile flüsternd – man verstand kein Wort –, aber wenn sie dann gegangen war, begann Horvath zu pfeifen und war für den Rest des Tages guter Laune.

Eines Tages blieb Felix fort, ohne sich von den Kollegen verabschiedet zu haben. Nach ein paar Wochen hörten sie, er sei Autoverkäufer geworden, in einem Geschäft in Maxglan, und alle in der Werkstatt meinten, das sei das beste für ihn.

Seeger sagte sich andauernd, er bleibe keine dreieinhalb Jahre hier, das wären für ihn verlorene Jahre. Er schmiedete Pläne, wie er herauskäme aus der Autowerkstatt, hinüber in die Motorradwerkstatt, von der ihn der Waschraum trennte und der schmale Gang. Abends nach sechs Uhr drängten sich die Mechaniker im Waschraum, tummelten sich rund um das kreisförmige Waschbecken mit den sieben Wasserhähnen. Jeder wollte zuerst drankommen, einer stieß den anderen zur Seite, und manchmal bespritzten sie sich und fuhren sich mit den Händen an die Hosen, bis Ennemoser rief, sie sollten diese Kindereien sein lassen. Die Lehrlinge wagten sich erst in den Waschraum, wenn die Gesellen fort waren. Seeger war mit dem Aufräumen meistens früher fertig als David und Friedl, und ab und zu ging er vor in die Motorradwerkstatt und half ihnen beim Hineinschieben der Motorräder. Er kam immer im Arbeitsgewand zur Werkstatt gefahren, er brauchte sich nie im Waschraum erst umzuziehen wie die anderen, hatte auch gar keinen Spind, wo er seine Sachen hätte aufbewahren können. Horvath führte oft heftige Reden gegen den Chef, beschwerte sich wegen des niedrigen Lohnes, aber er hatte niemanden in der Halle, der ihm zuhörte, also hänselte er Obladovic. Warum der seiner Frau soviele Kinder mache (es waren sieben oder acht), seine Frau müsse ja eine ganz scharfe sein. Immer öfter klagte er über die schlechte Bezahlung.

Mehrere Male fuhr er im Oktober hinauf ins Geschäft, zu Sunkler, um über eine Lohnerhöhung zu verhandeln, aber anscheinend dachte der Chef nicht daran, ihm mehr zu zahlen, denn als Seeger knapp drei Monate Lehrling war, kündigte Horvath und verließ die Werkstatt. Als Seeger davon erfuhr – Horvath sagte es ihm gleich, als er vom Geschäft herunterkam –, ging er zu Roider und fragte, ob er nun bei ihm arbeiten dürfe. Am letzten Tag, den Horvath in der Werkstatt verbrachte, schenkte er Seeger den größten Teil der Materialien aus seinen Schubladen.

Abends, als Seeger das Rad nach Hause schieben wollte, begegnete ihm im Hof der Chef, fragte ihn, als er die Kiste mit dem Kleinkram auf dem Gepäckträger sah, wo er das herhabe. Als Seeger es ihm zu erklären versuchte, unterbrach ihn Sunkler, die Sachen seien Eigentum der Firma, Seeger mußte die Kiste in die Werkstatt zurückbringen.

Ein paar Wochen später, als er zufällig mit Herrn Ennemoser allein im Waschraum war – Seeger hatte dort Reinigungsdienst –, faßte er Mut und bekannte ihm, wie gerne er in der Motorradwerkstatt wäre, ob er ihn nicht brauchen könne. Ennemoser sagte, indem er sich zum dritten Mal die Hände einseifte, das müsse er mit Herrn Sunkler besprechen. Wenn der Chef zustimme – Arbeit hätten sie genug. Als Seeger das nächste Mal um irgendein Ersatzteil, das im Magazin nicht vorrätig war, ins Geschäft hinauffuhr, wagte er es, Herrn Sunkler zu fragen, ob er ihn einen Moment sprechen könne. Der, unwirsch, was es gebe, er habe keine Zeit. Seeger fragte stotternd, ob er nicht in der Motorradwerkstatt arbeiten könne, er würde viel lieber drüben arbeiten. Motorräder interessierten ihn weit mehr, und er glaube, daß er drüben mehr lernen könne. Sunkler schüttelte den Kopf.

Drüben seien vier Lehrlinge, herüben nur einer.

Wenn Seeger jetzt auch noch hinüberginge, dann hätte die Autowerkstatt überhaupt keinen Lehrling.

Das solle er sich aus dem Kopf schlagen. Zuletzt lenkte er ein, sagte, es hätten sich kürzlich wieder einige Lehrlinge beworben, wenn es damit ernst werde, dann spreche er einmal mit Herrn Ennemoser. Darauf Seeger, mit Herrn Ennemoser habe er schon gesprochen, der könne ihn brauchen.

Da schnappte Sunkler wieder ein, rief, der Chef sei immer noch er, er müsse zuerst gefragt werden. Seeger solle gefälligst wieder an die Arbeit gehen, fürs Herumstehen werde er nicht bezahlt.

Seeger wartete weiter auf seine Chance. Jeden Freitag um halb sechs Uhr kam Herr Zeitler, der Buchhalter, in die Werkstatt und händigte allen das Lohnsäckchen aus. Seeger lieferte seinen winzigen Verdienst zu Hause ab, bei Tante Erna, die ihm jeden Tag aufs neue vorwarf, er bringe nur Schmutz in die Wohnung. Obwohl er versuchte, sich die Hände in der Werkstatt so gut es ging zu waschen, richtig sauber wurden sie nie mehr, da half kein Reiben und

Bürsten, der Schmutz fraß sich in die Haut ein, besonders unter den Fingernägeln. Eberhard, sein Cousin, der um fünf Jahre älter war, bereitete sich darauf vor, nach Wien zu gehen, um dort ein Jus-Studium zu beginnen. An Sonntagen gingen sie manchmal miteinander ins Kino. Eberhard hatte Pickel im Gesicht und machte Seeger immer auf Mädchen aufmerksam, ob ihm diese oder jene gefiele, ihr Busen, die Beine. Seeger unterhielt sich lieber über Motorradrennen. Manchmal, wenn er Trinkgeld in der Tasche hatte, kaufte er sich eine Zeitschrift, *Das Motorrad*, oder *Austro-Motor*, las die Berichte über die Rennen der Saison und konnte dann mitreden, wenn David und Friedl sich darüber unterhielten. Sunkler war selbst vor dem Krieg Rennen gefahren, wenn auch ohne große Erfolge. Die Begeisterung dafür hatte er sich aber erhalten, und nach 1945, als er sein Geschäft und die Werkstatt eröffnete, gründete er einen Rennstall, kaufte zwei rennmäßig präparierte Maschinen von *Puch*, eine *125er* und eine *250er*, und stellte sie talentierten Fahrern zur Verfügung.

Daneben unterstützte er noch Motorsportler, die sich an Wertungsfahrten beteiligten. Obwohl man ihm nachsagte, er sei knickrig, für den Rennsport reuten ihn damals keine Ausgaben. Diese lohnten sich aber auch, denn ein Staatsmeistertitel, wie ihn Luksch zweimal errang, war die beste Reklame für die Firma, die immer mehr zu einem Treffpunkt für Motorsportler wurde. Im Schaufenster des Geschäftes in der Vogelweiderstraße wurden die Pokale ausgestellt, mit Fotografien von den Rennveranstaltungen. Eines Tages im November, als Seeger in der Grube unter einem Wagen stand und den Auspufftopf abmontierte, rief ihm der Chef von oben zu, er könne am nächsten Montag in der Motorradwerkstatt anfangen. Seeger wollte hochklettern und sich bedanken, aber Sunkler winkte mürrisch ab. Roider teilte ihm am selben Tag mit, es komme ein neuer Lehrling; er sei gespannt, wie lange der bleibe.

Immer wenn er einen gerade einigermaßen angelernt habe, nehme man ihn weg, oder er laufe davon. Bei der ersten Gelegenheit rannte er vor und berichtete Friedl die Neuigkeit. Der sagte, jetzt seien sie dann beim Aufräumen zu dritt, da würden sie schneller fertig, und er meinte, Seeger komme wahrscheinlich zu Herrn Resch, denn Schnöll, sein Lehrling, stehe kurz vor der Gesellenprüfung und arbeite an seinem Gesellenstück. Resch sei in Ordnung.

Am Montagmorgen stellte er sein Rad am Radständer ab und ging nach vorne, zum Tor der Motorradwerkstatt. Friedl war schon dabei, die Maschinen herauszuschieben; es waren nicht mehr so viele wie im Sommer. Gleich darauf kam auch David vorgefahren. Friedl lehrte ihn, auf den Reparaturzettel zu achten, ob eine Reparatur schon erledigt sei oder nicht. Die *Fertigen* wurden mit dem Scheinwerfer zur Wiese aufgestellt, die anderen in Richtung zur Werkstatt, alle schön in einer Reihe, *wie beim Militär,* so wolle es Ennemoser haben. Es machte Seeger großes Vergnügen, all die Maschinen in die Hand zu nehmen. Die ersten Gesellen trafen ein, er kannte sie mittlerweile schon beim Namen: Egger, Thaler, Gschwandtner, Resch, Gunzenhauser, Reisinger, Schnöll, Zauner, der Dreher Prähauser, und Lukas, der nebenan in der kleinen Elektrowerkstatt arbeitete. »Hilfst beim Herrn Resch mit«, war das einzige, was Ennemoser ihm sagte, als er kam. Resch begann eine neue Reparatur, er schob eine *250er TF* herein, und Seeger half ihm, die Maschine auf den Bock zu heben.

Es war eine Motorreparatur, Resch erklärte ihm, welche Schrauben und Bolzen zu lösen seien. Er sagte, Seeger solle sich zuerst im Magazin Werkzeug besorgen, einen Satz Schraubenschlüssel, Schraubenzieher, Kombizange, das Übrige könne er einstweilen aus seiner Lade nehmen. Schublade sei keine frei an der Werkbank, die anderen Lehrlinge gäben ihre Sachen auch in eine Kiste, die sie abends unter der Werkbank verstauten. Herr Fröschl, als er Seeger das Werkzeug aushändigte, klärte ihn auf, er müsse ihm jedesmal ansagen, auf welcher Maschine er arbeite.

Immer wenn er wo zu arbeiten anfange, müsse er ihm die Uhrzeit und die Kennzeichen-Nummer sagen, und sich abmelden, wenn er unterbreche oder aufhöre. Er müsse es dem Kunden verrechnen. Jede Minute von Seegers Zeit müsse eingetragen werden. Herr Ennemoser sei verkatert, wie an jedem Montag, flüsterte ihm Friedl zu, es sei besser, ihm am Montag nicht unter die Augen zu kommen, sonst schaffe er einem an, den Werkstattboden mit der Schaufel abzukratzen oder das Spezialwerkzeug von der Tafel abzunehmen und zu putzen. Um neun Uhr mußte er David beim Jausenholen begleiten. David zeigte ihm den Lebensmittelladen, den Fleischer, den Bäcker. Man mußte zuerst mit Notizblock und Bleistift von einem Gesellen zum anderen gehen, die Wünsche und das mitgegebene Geld notieren, das ergab eine lange Liste. Jede Woche war ein anderer Lehrling dran.

Obwohl es eine für das Motorradgeschäft stille Jahreszeit war, gab es in der Werkstatt viel Betrieb, alle Mechaniker hatten zu tun, und immer standen Motorräder draußen im vom Schnee geräumten Hof.

Die Tage verflogen nur so. Die Arbeit machte ihm große

Freude, er hörte zu, wie sich die Gesellen von Bock zu Bock unterhielten. Resch hatte seinen Platz zwischen Thaler und Gunzenhauser. Seeger spitzte die Ohren, wenn Gunzenhauser montags manchmal von einem Rennen erzählte, bei dem er mitgefahren war. Langsam wurden ihm die Namen der berühmten und weniger bekannten Rennfahrer vertraut.

Manchmal war er während der Arbeit in Gedanken versunken, dachte an Motorräder, die er einmal besitzen würde, an ein eigenes Zimmer, und er stellte sich vor, wie er in einigen Jahren als Mechanikergeselle einen eigenen Arbeitsbock bekäme.

Welchen Narren damals Bigwood an David gefressen hatte, in jenem Sommer, als er sich ein paar Wochen in Europa aufhielt.

Und auch Seeger hätte, wäre es nach Bigwood gegangen, in der Werkstatt alles liegen und stehen lassen und mit nach Florida fahren sollen. »Ihr müßt mit mir kommen, boys«, pflegte er zu sagen, und so wie er redete, taugten die Mechaniker, die er in seiner Werkstatt beschäftigte, alle nichts, wären sie allein durch die Tatsache, daß sie Österreicher waren, allen anderen überlegen gewesen. Als habe ihr Vaterland nur sonnige Gemüter und Genies hervorgebracht.

Bigwood liebte das Land, öfter sagte er, nirgendwo sonst in der Welt fühle er sich so wohl. Nach dem Krieg hatte er hier seine Frau kennengelernt, seine Liz, die er vergötterte und die sich mit einem Sportwagen zu Tode fuhr. Manchmal dachte Seeger, Bigwood wollte einfach jemanden von hier mit hinübernehmen. Eine Frau kam anscheinend nicht in Frage, an eine andere Frau hatte er wohl nie mehr gedacht, aber was konnte es ihm schon bedeuten, ein oder zwei Mechaniker aus Österreich um sich zu haben?

»My sonny boys«, hatte er sie genannt, und mit der Zeit glaubte Seeger daran. Als er dann tatsächlich die Reise über den Ozean gewagt hatte, als er seinen kleinen Horizont hinter sich ließ, da tat ihm die Vorstellung, er sei etwas Besonderes, gut, er konnte damals ein wenig Selbstvertrauen brauchen. Heute wußte er, daß er mit falschen Vorstellungen nach Amerika hinübergefahren war. Er konnte seinen Arbeitskollegen drüben nichts zeigen, im Gegenteil, er mußte wieder in die Lehre gehen, von vorne anfangen. Aber Bigwood sah das nicht. Ohne ihn wäre Seeger in diesem Land untergegangen, wäre vielleicht ein Irgendwer in irgendeiner Werkstatt geworden, mit kleinem Lohn und nichts Sicherem. »Grüß mir die Alpen«, hatte Bigwood gesagt, als er Seeger am Flughafen verabschiedet hatte, immer noch schien Österreich für ihn das gelobte Land zu sein. Nun war Seeger zurückgekehrt, und er sah nichts, was ihn dazu verleiten konnte, zu bleiben, obwohl er mit diesem Gedanken oft gespielt hatte. Mit seinen Ersparnissen hätte er sich eine Werkstatt pachten und einrichten können.

Wenn er in Daytona mit Kollegen in einer Bar gesessen war – alle hatten ihre Ehefrauen oder Freundinnen mit – wenn er dachte, es wäre schön, eine Gefährtin um sich zu haben, jemand, der zu einem hält, dann dachte er an ein Mädchen aus seiner Heimat, dann durfte es keine sein, die sich anmalte und puderte und sich das Haar färbte. Nun sah er hier auf der Straße den Mädchen nach und fragte sich, ob sie sich von denen drüben unterschieden.

Manchmal dachte er, was wohl aus ihm geworden wäre,

wenn er nicht nach Florida gegangen wäre. Wenn er noch hier arbeitete, würde er vielleicht gar nicht merken, wie eng und muffig es in dieser Werkstatt war, ebensowenig wie Thaler, der nichts im Kopf hat, als sein Häuschen fertigzustellen, an dem er seit vier Jahren baut, und daneben noch den einen und anderen Pfusch zu bekommen, um dazuzuverdienen. Edi, der dreimal wöchentlich nachts als Taxifahrer arbeitet, um sich seinen Lohn aufzubessern, und dafür tagsüber dauernd gähnt.

Der Geruch der Werkstatt war noch der alte. Wenn Seeger sich an die Heizungsrohre stellte und die Augen schloß und lauschte, wie jemand die Kellertreppe hinunterstieg oder wie draußen eine alte *Puch* vorfuhr, dann war es, als wäre die Zeit stehengeblieben. Aber sogar den Sportplatz, den sie vorne von der Werkbank aus im Blickfeld gehabt hatten, wo sich im Sommer mehrmals wöchentlich Klassen von halbwüchsigen Schülerinnen tummelten, in weißen Leibchen und schwarzen Turnhosen, auch den Sportplatz gab es nicht mehr, statt dessen sah man die fensterlose Betonrückseite irgendeines Neubaues. Und er dachte, selbst wenn heute noch da draußen die Mädchen mit ihren kleinen Brüsten herumhüpften und sich um einen Ball rauften, es wäre keiner mehr da, der »Schaut euch das an!« riefe, es gäbe kein Hallo, keiner öffnete das Fenster und pfiffe, und die Fenster waren so verschmutzt, daß man gar nicht mehr richtig hinaussah.

Sie wunderten sich, daß Seeger nicht nach Zauchensee oder Gastein fuhr, daß er immer noch bei ihnen in der Werkstatt herumstand, und obwohl ihn die Atmosphäre in der Werkstatt oft trüb stimmte, kam er doch jeden Tag wieder und verschob sein Skilaufen, als habe er vorher noch etwas zu erledigen. Alle arbeiteten sie jetzt an firmeneigenen »Eintauschfahrzeugen«.

Thaler sagte selbst, heutzutage kaufe kein Mensch mehr so einen alten Karren. Die Arbeit diene nur dazu, daß die Leute beschäftigt seien. Es wäre nicht auszuhalten, den ganzen Tag nichts zu tun, und so arbeiten sie an diesen Maschinen, zerlegen sie, reinigen sie und bauen sie wieder zusammen und stellen sie wieder dorthin, wo sie das ganze Jahr über stehen, und wenn es ihrer zu viele werden, bringen sie einige der schäbigsten zum Verschrotten. Das sei immer noch besser als den ganzen Tag an der Heizung zu stehen, Zigaretten zu rauchen und auf Kundschaft zu warten.

Rechts an der Wand, über Edis Werkbank, hing noch immer das eingerahmte Foto von Toni Luksch, es zeigte ihn nach einem Rennen mit Siegeskranz, und Seeger sagte, sie ließen aber auch alles versauen, wischte mit einem Lappen das Bild ab und fragte, ob sie die Kränze weggeschmissen hätten, die Siegeskränze, die früher an der Wand über den *Eigenen* hingen. Die seien längst zerfallen, beim Ausmalen der Werkstatt, vor fünf Jahren, habe man sie heruntergenommen, dabei sei das meiste Laub abgefallen. Wie das Motorradgeschäft drüben gehe, fragte Edi. Es sei mehr ein angeberischer Kult, sagte Seeger, der da mit dem Motorrad getrieben werde, geradezu pervers, und die Reklame sei auch danach. »Den David hätte wohl keiner in ein Auto gebracht«, meinte Edi auf einmal, er kratzte mit einem Schraubenzieher Dreck vom Rahmengestell. »Nein, David nicht«, erwiderte Seeger, und doch war er sich dessen nicht sicher, denn hatte er selbst nicht genau so geredet, hatte er nicht immer gesagt, ein Auto, das sei ein Invalidenfahrzeug?

Mit elf Jahren, als er sich bei ihrem Mechaniker in Mühlbach sein erstes Fahrrad aus mehreren alten, schrottreifen Rädern zusammengebaut habe, habe ihm dieses Fahrrad bald nicht mehr genügt. Der alte Bliem habe in seinem Werkstattschuppen Reklameplakate von *NSU*-Rennmaschinen aufgehängt gehabt, und nach diesem Vorbild habe er sich sein Rad dann hergerichtet.

Einen Waschpulverkarton habe er, als Renntank verkleidet, auf die Stange geschnallt, den Sattel abgeschraubt, dafür eine alte, zusammengefaltete Decke als Sitzbank hinaufgebunden. So sei er, mehr auf dem Rad liegend als sitzend, die steinigen Wege hinuntergeschlittert.

Fröschl, mit seinem Stundenbuch, kam aus dem Magazin, sah auf die Uhr. »Was soll ich bei Ihnen schreiben, bis fünf Uhr?« fragte er Edi. »Ach, schreiben Sie doch, was Sie wollen!« rief Edi. »Sie wissen doch genau, daß ich keine Arbeit habe.«

Fröschl eilte ins Magazin. »Ja, rufen Sie ruhig den Chef an«, rief ihm Edi nach. Seeger fragte, ob es Fröschl nicht passe, daß er zwei Stunden bei ihm gestanden habe. »Ich halte dich doch von keiner Arbeit ab?« Und er dachte: Vielleicht ist Fröschl beleidigt, weil ich ihn nicht jedesmal gesondert begrüße, wenn ich in die Werkstatt komme. »Neulich«, sagte Edi, »hat er mit Thaler über dich geredet, er argwöhnt, du suchst Arbeit, willst bei uns wieder anfangen, traust dich aber nichts zu sagen.« Er müßte doch selbst sehen, habe Fröschl gesagt, daß es nicht einmal für sie genug Arbeit gebe.

Edi habe gelacht: Wie sie bloß auf die Idee kämen, zu glauben, der Werner wolle zurück in diese Bruchbude?

»Es gibt Schnee!« rief der Portier am nächsten Vormittag, als Seeger in die Halle herunterkam. Aus dem Transistorradio, das auf der Budel stand, kam die Stimme eines Nachrichtensprechers.

Seeger stellte sich auf die Treppe neben der gläsernen Eingangstür. Tatsächlich schien sich eine Wetterveränderung anzukündigen, der Himmel verdunkelte sich, und ein Flimmern lag in der Luft.

Dieses Gespräch gestern über David. Er hatte an den ersten zwei, drei Tagen geglaubt, Thaler und Edi redeten absichtlich nicht über ihn. Es schien jetzt eher so zu sein, daß sie ihn einfach vergessen hatten: Die Erinnerung an ihn war vielleicht nicht stärker als an irgendeinen anderen Kollegen jener Jahre.

Vermutlich hatten sie sogar vergessen, daß Davids Unfall der Grund dafür war, daß Seeger damals nach Amerika gegangen war. Sicherlich wußten sie auch nicht mehr, daß einige von ihnen ihm eine Schuld an dem Unfall angelastet hatten; womöglich hatte er sich auch alles bloß eingebildet. Aber nie hatte er Sunklers Worte vergessen: Was er denn da zusammengedreht habe! Na, das habe er kommen sehen! Thaler, Resch, Reisinger, alle schienen ähnlich gedacht zu haben. Vielleicht hätte er sich an ihrer Stelle nicht anders verhalten. Auch sie waren durch die Nachricht aus Brünn betroffen gewesen, und die Umstände des Sturzes waren, soviel er wußte, nie geklärt worden. Es fand keine Untersuchung statt, aber in einer deutschen Motorsportzeitschrift stand, Augenzeugen hätten berichtet, das Hinterrad der Maschine habe blockiert. Zwar hatte er sich immer wieder gesagt, selbst wenn der Motor festgegangen war, so konnte man dafür nicht unbedingt den Mechaniker verantwortlich machen, ein Kolbenklemmer widerfuhr jedem Fahrer früher oder später einmal.

Auch Sunklers feindselige Haltung ließ sich erklären. Er hatte es übelgenommen, daß David die *Puch* nicht mehr fahren wollte, er konnte nicht einsehen, daß sich selbst mit der schnellsten *Puch* im Jahre 1957 kein Rennen mehr gewinnen ließ. Als David die *AJS* kaufte, unterstützte der Chef ihn nicht mehr.

So fuhr er auf eigene Faust, und als Sunkler sah, daß Seeger sich noch enger an David anschloß und seine Freizeit der *AJS* widmete, da übertrug sich sein Groll auch auf ihn. Als Seeger im ersten und zweiten Lehrjahr Ennemoser an der *125er Rennpuch* von Luksch hantieren sah, da hätte er nie zu träumen gewagt, selbst einmal an einer Rennmaschine zu arbeiten, sie für ein Rennen vorzubereiten und nach dem Rennen auseinanderzunehmen. Aber damals, als der Chef David die *250er Puch*-Rennmaschine fahren ließ, war Gunzenhauser schon nach Wien gezogen, trug sich Ennemoser bereits mit Gedanken, anderswo eine besser bezahlte Stelle zu suchen. Und so redete ihnen niemand etwas drein, und Seeger konnte sich in Ruhe mit dem hochgezüchteten Motor der *Puch* beschäftigen. Jeden Abend, wenn die Werkstattore geschlossen wurden, packten David und er ihre Werkzeugkästen, gingen in die Drehwerkstatt, deckten das nackte Fahrgestell der *Puch* ab und tüftelten, wo sie noch etwas Gewicht sparen, wie sie den Luftwiderstand noch verringern konnten. Sie hatten den Chef dazu überredet, daß er die Mittel für eine Verkleidung aus Alublech bewilligte, diese wurde von einem Karosseriespengler angefertigt, genau nach Maß für Davids drahtige Figur. Am Motor gab es kaum noch etwas zu verbessern. Die Ansaug- und Auslaßschlitze im Zylinder waren so glattpoliert und so weit aufgebohrt, daß das Optimum erreicht war. Lange Zeit bastelten sie an neuen Auspufftrichtern; sie bekamen Ärger, als sie diese dann im Frühjahr, kurz vor dem ersten Rennen, im Hof ausprobierten, mitten in der Nacht. Frau Sunkler, im Nachthemd, riß ein Fenster im ersten Stock auf und schrie herunter, ob sie denn völlig verrückt geworden seien. Der Chef hatte nie viel von Davids Fahrkünsten gehalten, er war auch in Davids erstem Jahr nicht mehr wie früher zu den Rennen gefahren, an denen sich der Rennstall der Firma beteiligte. Als sie aus *Großraming* mit dem Lorbeerkranz heimkehrten, als sie am Montagmorgen vorfuhren, die *Puch* aus dem *VW-Bus* luden und sie gleich wieder auf den Bock in der Drehwerkstatt stellten, um am Abend mit dem Zerlegen des Motors zu beginnen, als sie den Kranz auf den Nagel an der Wand neben der Standbohrmaschine hängten und Sunkler, ehe er ins Geschäft hinauffuhr, hereinkam, da hatte er für David nur ein »Gut gelaufen gestern?« übrig, und am nächsten Tag verlangte er, daß der Pokal ins Geschäft hinaufkam, er wollte ihn ins Schaufenster stellen. Aber die Zeiten waren vorbei, da man, wie Anfang der fünfziger Jahre, mit der *250er Puch* noch ein Rennen, das zur Staatsmeisterschaft zählte, gewinnen konnte. Und so griff David, der seit Jahren jeden Schilling beiseitegelegt hatte, sofort zu, als ein *AJS*-Fahrer aus St. Pölten ihm um 25 000 Schilling seine *350er 7R* anbot. Für die Hälfte des Betrages nahm David einen Kredit auf. Von da an arbeiteten sie bei ihm zu Hause im Schuppen, denn der Chef wollte die *AJS* nicht in seiner Werkstatt sehen.

Er prophezeite ihnen, daß sie es bereuen würden; David sei schlecht beraten gewesen. Wer solle die Maschine betreuen, sie hätten beide keine Ahnung davon, und eine Kurbelwelle für die *AJS* koste mehr als der ganze Motor einer *Puch* …

Seeger wußte selbst, daß er von dem *AJS*-Motor nichts verstand, und viele Nächte saß er im Schuppen, bis ihm die Augen zufielen, studierte die ausgebreiteten Einzelteile des Motors und machte sich damit vertraut. David verließ sich auf ihn, er fühlte sich dem Viertaktmotor technisch noch weniger gewachsen. Er fuhr nur ein einziges Rennen auf der *AJS*, das Mairennen auf dem Autobahn-Rundkurs, und auch dieses Rennen fuhr David nicht zu Ende, er fiel wegen einer gerissenen Getriebekette nach zwölf Runden aus.

Aber in diesen zwölf Runden hatte er sich nach einem schlechten Start bis auf Platz sieben vorgekämpft, und alle waren der Meinung, daß der fünfte oder sechste Platz möglich gewesen wäre, hätte David die dreißig Runden durchgehalten.

Einen Tag vor jenem Rennen, am späten Vormittag, als Seeger und David eben vom Training zurückgekehrt waren, kam Bigwood in die Werkstatt, er trug eine rostbraune Lederjacke und einen Tirolerhut.

Jahre später, als Seeger in Daytona mit Bigwood über diese erste Begegnung redete, sagte der, Thaler sei kühl gewesen, an jenem Samstag. Er habe Thaler schon in der Werkstatt gesehen, als er noch ein Lehrling gewesen und von Ennemoser herumkommandiert worden war, im Jahr achtundvierzig. Thaler habe so getan, als kenne er Bigwood nicht, und Bigwood war enttäuscht, Gunzenhauser und Luksch nicht mehr anzutreffen.

Thaler habe mürrisch auf David gedeutet: Das sei jetzt der einzige Fahrer. *Puch*-Rennstall gebe es keinen mehr, die beiden Maschinen verstaubten in der Drehwerkstatt. Seeger hatte erklärt, er könne sich Thalers gereizte Stimmung gut vorstellen: In der Werkstatt sei viel Betrieb gewesen, am Vortag des Rennens seien immer Motorradfahrer aus ganz Österreich und Bayern angefahren gekommen, einige kamen sogar aus Holland und Norddeutschland, der Treffpunkt für viele von ihnen war die Sunklersche Werkstatt; manche hatten auch an ihren Rädern etwas zu richten, im Hof vor der Werkstatt wimmelte es von Fahrern und Maschinen, und Thaler fehlten zwei Mechaniker, nämlich David und er.

Resch war es gewesen, der Seeger von Bigwood erzählte, dem *Ami und Rennkiebitz;* er habe vor zehn Jahren so manchen Fahrer finanziell unterstützt.

Auch geboxt habe er, in der *U. S. Army*, seiner Nase sehe man es noch an. Wie von selbst hatte es sich ergeben, daß sie mit Bigwood ins Gespräch kamen. Er hatte die Werkstatt schon wieder verlassen, kam eben dazu, wie Seeger und David die *AJS* ausluden. Seeger wollte die Spur messen und korrigieren, dazu brauchten sie die lange Latte aus der Werkstatt.

»*Puch* nicht mehr schnell genug, wie?« hatte er gefragt.

Seeger hatte die Spurlatte aus der Werkstatt geholt und an die Räder angelegt. Die Spur schien in Ordnung zu sein. Bigwood hatte David nach den Terminen der nächsten Rennen gefragt, insbesondere der Weltmeisterschaftsläufe.

Er begann von den ersten Rennen nach dem Krieg zu erzählen, in den Jahren von 1945 bis 1950 war er in Salzburg stationiert gewesen. Er habe damals eine *Triumph Grand Prix* besessen, für den Straßenverkehr zugelassen. So gut wie jedes Rennen habe er in jenen Jahre verfolgt, Schubladen voll mit Fotografien habe er zu Hause. Viele Fahrer habe er persönlich gekannt. Er sei für ein paar Wochen nach Europa gekommen (er habe jetzt einen Meister, auf den er sich verlassen könne), um erstens die Verwandten seiner verstorbenen Frau zu besuchen (die hätten sich schon lange gewünscht, ihr Enkelkind einmal zu sehen), zweitens, um einige Rennen zu beobachten.

Morgen werde er für David die Daumen drücken, so wie er sie früher für Luksch und Gunzenhauser gedrückt habe. Er erzählte von den amerikanischen Straßenrennen, von *Daytona*, einer der berühmtesten Rennstrecken, sie liege nur eine halbe Stunde von seiner Werkstatt entfernt. Als er erfuhr, daß sie nach Brünn fuhren, in zwei Wochen, sagte er, er sei auch dort. Jetzt wolle er Herrn Sunkler im Geschäft oben einen Besuch abstatten. Er kehrte dann noch einmal um und lud sie beide ein, am Abend mit ihm in seinem Hotel (*Goldener Löwe*) zu essen, wenn sie nicht noch an der Maschine zu arbeiten hätten.

Der Start in Brünn hätte Davids erster im Ausland sein sollen. Die fröhliche Hinfahrt auf den schmalen, kurvigen und leeren Landstraßen Böhmens, David, der sich neben ihm in der Fahrerkabine übermütig duckte, Rennhaltung einnahm und das Motorengeräusch seiner *AJS* nachahmte, die hinten im Laderaum des Wagens stand. Die Ankunft spät in der Nacht; wie David sich in eine Decke gewickelt und neben seine Maschine schlafen gelegt hatte – er selbst schlief auf der Sitzbank vorne in der Kabine. Der Samstagmorgen, das Frühstück im Wagen, der Tee aus der Thermosflasche, die Fahrt zur Rennstrecke. Wie sie den Wagen auf einem freien Platz im Fahrerlager geparkt und die Maschine ausgeladen hatten.

Das erste Training für die *350er* war für zehn Uhr angesetzt. Es sah so aus, als liege David die Brünner Strecke. Obwohl er den Kurs nicht kannte, versuchte er schon nach ein paar Runden, sich an den Tschechen Stastny anzuhängen, der eine schnelle *Jawa* fuhr und die Bahn von vielen Rennen her kannte. Nach sieben oder acht Runden kam David herein ins Fahrerlager, sie wollten jetzt eine größere Übersetzung probieren. Seeger wechselte den Zahnkranz, sah sich die Kerze an, stimmte die Vergasereinstellung ab, und gegen halb zwölf fuhr David noch einmal einige Runden. Mittags erzählte er, er habe einen Schlenkerer gemacht und habe gemerkt, wie ungleichmäßig der Belag an einigen Stellen der Fahrbahn sei. Bigwood besuchte sie am späten Nachmittag im Fahrerlager, er wußte bereits, daß David die achtbeste Trainingszeit seiner Klasse gefahren hatte, lud sie zum Essen in die Kantine ein und wiederholte sein Angebot mit *Daytona*.

David reizte die Aussicht, nach Amerika auszuwandern, sie hatten sich schon darüber unterhalten, und Seeger hatte gemeint, wenn David sich dazu entschließe, komme er eventuell mit.

Davids Vater hatte sich nach dem Krieg jahrelang vergeblich um eine Einreisegenehmigung in die USA bemüht, die Familie kam aus Galizien, und David wollte, wenn alles gutging, später alle nachkommen lassen. Bigwood hatte angedeutet, er kaufe David die *Vier-Zylinder-Honda*, er habe sich seit Jahren gewünscht, wieder etwas für den Rennsport zu tun. Sie saßen bis zehn Uhr in der Kantine beisammen, dann wollte David aufbrechen. Bigwood ließ es sich nicht nehmen, ihnen ein Zimmer in dem Gasthof, in dem er wohnte, zu verschaffen, als er erfuhr, daß sie im Wagen nächtigen wollten. »Warst du zufrieden mit mir, heute?« hatte David gefragt, als er in ihrem Zimmer das Licht andrehte. »Fährst schon wie ein Alter«, hatte Seeger erwidert.

Am Sonntagvormittag war noch einmal ein Schlußtraining für alle Klassen angesetzt. Der Monteur von *Metzeler* zog einen neuen Reifen auf die Felge auf, David hatte sich für hinten ein griffigeres Profil gewünscht. Seeger putzte den Motorblock mit Pinsel und Benzin, und um halb zehn Uhr hoben sie die Maschine vom Ständer. Er sah David vor sich, wie er sich den Riemen am Sturzhelm festzog, die Handschuhe überstülpte, wie er die Maschine selber anschob. Der Motor sprang sofort an, ließ sein gutturales Bellen hören. David rollte zur Schranke, wo schon andere Fahrer mit ihren Maschinen warteten und ihre Motoren warmlaufen ließen, bis die Strecke freigegeben wurde, Seeger ging zurück zum Wagen, hörte dann an dem ausbrechenden Getöse, wie die Gruppe der Fahrer startete. Er räumte das Werkzeug in den Kasten, verschloß den Wagen und lief mit der Stoppuhr zum Begrenzungszaun an der Geraden, wo die Fahrer vorbeikamen. Gleich in der ersten Runde blieb David aus.

Seeger wurde unruhig. Dann merkte er, daß das Training abgebrochen wurde. Er ging zum Wagen zurück, dachte: Hoffentlich muß David die Maschine nicht um den halben Kurs schieben. Bloß kein Motorschaden, hoffte er, denn bis zum Rennen waren es nur noch ein paar Stunden. Ein Wiener Fahrer kam auf ihn zugerannt. David sei am Ausgang der langgezogenen Kurve mit etwa hundertdreißig Stundenkilometer gegen die Strohballen und die dahinter liegende Böschung geflogen. Sie hätten ihn mit der Rettung weggebracht. Seeger spürte, wie sein Herz einen Augenblick lang stillstand. Er habe David auf der Böschung liegen sehen, nur der Kopf sei merkwürdig verrenkt gewesen. Seeger rannte zur Rennleitung bei Start und Ziel, dort herrschte große Aufregung, es war schon telefoniert worden, daß für David jede Hilfe zu spät gekommen war.

Seeger wurde nach den Angehörigen befragt, und er war so verstört, daß er nur mit Mühe Auskunft geben konnte. Cetti, ein Schweizer *Norton*-Fahrer, der hinter David gefahren war, wollte bemerkt haben, daß das Hinterrad plötzlich blockiert hatte. Davids Maschine sei in der Schräglage weggeschmiert, er selbst sei nur mit Mühe an der dahinschlitternden Maschine vorbeigekommen.

Seeger sah dann auf einem Traktor-Anhänger das Wrack der *AJS*, sie brachten es eben herein ins Fahrerlager. Die Vordergabel war völlig geknickt und verdreht, der Tank zerquetscht, Benzin floß noch immer aus. Strohhalme und Gras klebten an den zurückgestauchten Fußrastern und an der abgeschürften Kupplungsscheibe.

Es hieß, die Maschine werde möglicherweise von der Polizei beschlagnahmt, aber dann wurde sie am Nachmittag, nach dem Ende des Rennens, freigegeben. Sie nahmen an, ein Fahrfehler sei schuld an dem Sturz gewesen. Zwei Arbeiter in braunen Kluften, leicht angetrunken, luden das Wrack vom Anhänger und halfen Seeger, es in den Laderaum des *VW-Busses* zu schieben. Gerade als er die Tür zuwarf, stand Bigwood neben ihm. Er habe Seeger schon gesucht, er sei im Krankenhaus, dann bei der Rennleitung gewesen. Schrecklich, schrecklich! wiederholte er immer wieder. Er habe David in der kurzen Zeit schätzen gelernt, aber David sei zu riskant gefahren, er habe ihn schon gestern beobachtet. David sei ständig an der Grenze des Möglichen gefahren. Seine Schräglagen seien selbstmörderisch. Es sei ihm klar gewesen, daß David erst einmal auf die Nase fliegen mußte, ehe er anfing, mehr mit dem Kopf zu fahren; aber dann gleich dies …

Im ersten Winter, den Seeger in der Motorradwerkstatt verbrachte, erlebte er, wie immer seltener Kunden mit ihren Maschinen draußen vorgefahren kamen, wie immer weniger Gesellen eine echte Arbeit hatten. Die meisten hatten eine *Eigene* auf ihrem Bock stehen, sie saßen stundenlang im Gefolgschaftsraum, die Jausenzeit wurde ausgedehnt, sie spielten Karten und unterhielten sich lärmend in dem verrauchten, überheizten, nach Motorenteilen und Schweiß riechenden Raum. Manchmal, wenn Seeger hineinkam, um die Jausen-Päckchen und das Wechselgeld zu verteilen, legten sie die Karten aus, bis die rissige, speckige Tischplatte gänzlich von ihnen bedeckt war. Damals schneite es unentwegt. Oft mußten sie jeden Morgen den in der Nacht gefallenen Schnee im Hof wegscheren, eine Schneise von der Einfahrt an der Vogelweiderstraße bis zurück zur Elektro-Werkstatt. Im Hof standen keine Maschinen, alle hatten nun Platz in der Werkstatt. Sie beschossen sich beim Schneeschaufeln mit Schneebällen oder unterhielten sich, auf die Schaufel gestützt, bis sich ab und zu die Tür öffnete und Ennemoser für einen Moment heraussah. Er brauchte gar nichts zu sagen, sie begannen von selbst wieder den Schnee wegzuscheren. Manchmal rief ein Geselle einen von ihnen hinein, zum Jausenholen, zu einer persönlichen Besorgung, oder es fiel einem ein, daß ihm ein Schraubenschlüssel oder eine Zange fehlte; dann mußte der Lehrling die Schubladen und Werkzeugkästen der übrigen Gesellen durchsuchen. Alle hatten sie ihr spezielles Zeichen in ihr Werkzeug geschliffen. Oft machten sich die anderen Gesellen ein Vergnügen daraus, zu rufen: »Laß ja deine Finger aus meinem Werkzeugkasten, sonst kracht's!«, wenn Seeger etwas suchte. Es nützte dann auch nichts, wenn er sagte: »Herr Resch hat mir angeschafft ...« Und wenn er dann zu Resch ging und berichtete: »Herr Thaler läßt mich nicht suchen«, dann rief der: »Bring mir ja meinen roten Schraubenzieher, sonst reiß ich dir den Schädel aus!« Die Plätze an den Heizungsrohren waren rar. Besonders wenn einer von einer Probefahrt zurückkam und frierend seine Hände rieb, dann drängte er sich an die heißen Rohre. Stand Ennemoser dort, dann wagte sich kein Geselle hin, höchstens Thaler, der einzige, der den Meister duzte. Öfter als sonst war Ennemoser im Winter angetrunken. Er saß dann, weil er sich vor den Gesellen und Lehrlingen genierte, auf einer Kiste im Magazin, und Friedl erzählte, er habe gehört, wie Ennemoser zu Fröschl gesagt habe: »Halt ja dein Maul, verstehst!« Und alle wußten, daß Fröschl ihn doch beim Chef anschwärzen würde, und auch Ennemoser wußte es, und es ließ ihn kalt. Herr Sunkler kam öfter herunter in die Werkstatt (auch im Geschäft oben war wenig Betrieb in diesen Monaten), er konnte sich nicht damit abfinden, daß es nichts zu tun gab. Kam er in die Werkstatt, dann täuschten die Mechaniker eine Arbeit vor, drehten an irgendeiner Schraubenmutter oder klopften einen Bolzen aus der Verankerung. Manchmal, wenn Sunkler die Werkstatt betrat, die Gesellen saßen alle im Gefolgschaftsraum, sauste er in der leeren Werkstatt von einem Eck zum anderen, als könne er es nicht fassen, daß keiner da war, und daß keine Maschinen in der Werkstatt standen, mit einem Reparaturzettel an der Lenkstange. Inzwischen hatte einer der Lehrlinge die Gesellen verständigt, und sie kamen, betont lässig, in die Werkstatt, als gehe die ihnen bewilligte Jausenzeit von zehn Minuten eben zu Ende. In jenem ersten Winter arbeitete Gunzenhauser wochenlang an der *250er Puch*-Rennmaschine. Er hatte seinen Bock in die Drehwerkstatt gestellt (auch die Drehbank stand meistens still, nur Zauner arbeitete an seinem Gesellenstück, unter der Aufsicht von Prähauser), und da werkte er, blieb auch am Abend immer länger. Wenn die Gesellen im Gefolgschaftsraum waren, entwischte Seeger manchmal mit David in die Dreherei, und sie schauten Gunzenhauser zu. Manchmal durften sie ihm helfen, etwa den Schraubstock zudrehen, während er die Kurbelwelle, geschützt durch zwei Alu-Backen, hineinhielt, das Fahrgestell umlegen, damit er das Hinterrad herausnehmen konnte, oder ihm auch bloß aus dem Magazin ein paar Schrauben oder eine Kabelklemme besorgen. Diese Rennmaschine, an der kein überflüssiges Gramm Gewicht dran war und an der jedes Schräubchen blitzte, versetzte David in einen Zustand der Verzückung. Wenn Gunzenhauser einmal abends pünktlich nach Hause fuhr, nahm David die Plache ab, setzte sich hinauf, duckte sich in Rennhaltung.

Damals kam Seeger auch zum ersten Mal in den Ersatzteilkeller.

Wolfi Schnöll, ältester Lehrling und Vertrauter des Meisters, war krank, auch Zauner war gerade nicht da, darum rief Ennemoser Seeger, der am Bottich stand und einen Getriebeblock putzte, er solle den Kellerschlüssel von Fröschl holen und mit ihm gehen. Ein Kunde hatte nach einem Ersatzteil für seine Vorkriegs-*BMW* gefragt. Im Keller lagen noch unzählige Bestandteile für alte Modelle. Es waren da mehrere Räume: das Gewölbe, wo der riesige Ofen stand und einem immer eine lohende Hitze entgegenschlug und den Atem nahm; ein anderer Kellerraum war angefüllt mit Blechteilen von unfallbeschädigten Maschinen. Zerbeulte Kotflügel, Felgen, Rahmenwerke, Kettenkästen ... Zwei-, dreimal im Jahr kam ein Lastwagen und fuhr den Blechberg weg, dann mußten sie die Teile die Treppe hinauftragen und aufladen. Die Gesellen hätten so manchen Kotflügel oder Tank gerne selbst behalten, und sie versuchten das auch unentwegt. Aber Fröschl paßte auf. Sowie ein Kunde eine Reparaturrechnung bezahlt und auf die Frage Fröschls, ob er die Altteile mitnehmen wolle, geantwortet hatte, damit könne er doch nichts anfangen, nahm Fröschl sie von der Brüstung des Magazinfensters und warf sie in eine große Kiste, die unter dem Fenster im Magazin stand. Manchmal, wenn Fröschl ins Geschäft hinaufgefahren war, angelte sich einer mit einem Haken ein Trumm aus der Kiste heraus. War einer mit einem Kunden gut bekannt, so bat er ihn, falls er die Sachen nicht brauche, möge er sie von Fröschl verlangen und ihm bringen. Die meisten Gesellen waren nebenbei auch noch Pfuscher, und für diese Tätigkeit brauchten sie Altteile, die sich noch verwenden ließen, die sie einem armen Teufel andrehen konnten. Und wenn einer etwa für einen Pfusch zwei Kolben für eine *125er Puch* brauchte, dann erhielt irgendein Kunde neue Kolben, die gar nicht notwendig gewesen wären. Zu Fröschl gaben sie nicht die ausgetauschten, sondern gänzlich unbrauchbare alte Kolben aus ihren geheimen Lagern. Die Gesellen trieben auch untereinander einen Handel mit alten Ersatzteilen. Manch einer konnte die Tür seines vollgestopften

Spindes im Waschraum nicht öffnen, ohne daß ihm Teile entgegenflogen. Ennemoser ließ keinen in den Ersatzteilkeller.

Mochte er es auch sonst nicht mit allem so genau nehmen – er übersah es, wenn sich ein Mechaniker für sein eigenes Motorrad Benzin von der Maschine eines Kunden abzapfte; wenn hinter der Werkstatt einer pfuschte und die Zeit dafür einer Kundenmaschine anschreiben ließ; wenn er auch mit Thaler und Resch manchmal saufen ging – den Schlüssel für den Keller bekam keiner. Die seltsamsten Gerüchte kursierten, was da unten alles angehäuft sei. Zylinder von längst nicht mehr hergestellten *NSU*- und *BMW*-Modellen solle es geben, Pleuelstangen, Kurbelwellen, Magnetzünder, Getriebezahnräder, Kupplungsscheiben für die *S4*, Bremsbacken für die *Wehrmachts-Zündapp*. Ab und zu kam noch der Besitzer einer nicht mehr existierenden Marke, und der war glücklich, wenn ihm geholfen werden konnte.

An jenem Nachmittag holte Seeger mit dem Kellerschlüssel die große Stabtaschenlampe aus dem Magazin und stieg mit Ennemoser die Treppe hinunter. Als er die Tür zum Ersatzteilkeller aufgesperrt hatte, schob der Meister ihn beiseite, als solle Seeger nicht als erster in den Raum eintreten. An der Decke hing eine schwache Glühbirne, die so verdreckt war, daß sie kaum leuchtete. Mit dem Fuß stieß der Meister an Blechgerümpel, er fluchte und rief, Seeger solle leuchten. Seeger sog den beizenden Geruch von abgestandenem Motorenöl ein, die Ausdünstung von alten eingefetteten Eisenteilen, es roch auch nach Gummi. Man konnte kaum auf dem Boden stehen. Da lagen Felgen (die einem ans Schienbein schlugen, wenn man ungeschickt drauftrat), Fahrwerksgestelle, zwischen deren Rahmenrohre man steigen mußte, Benzintanks, und Seeger sah die bis an den Plafond reichenden Regale, die überquollen von Motorenteilen. Ennemoser setzte sich auf eine Kiste und begann nachzudenken. Seeger mußte einmal da, dann wieder dort hinleuchten. Der Meister begann mit sich selbst zu reden. Endlich beschrieb er Seeger das Teil, das sie suchten, und er sagte, wenn das Ding überhaupt da sei, dann dort in dem Regal, und er deutete auf die Wand links von der Tür. Seeger mußte die Leiter nehmen und hoch hinaufsteigen, und Ennemoser fragte: »Siehst du die Ansaugstutzen? Da müssen drei oder vier Ansaugstutzen liegen, für die *S4*, und ein paar Luftfilter.«

Seeger konnte sie nicht entdecken, traute sich das aber nicht zu sagen, rutschte auf der Leiter hin und her, suchte die Regale ab, und dann sah er ein paar Ansaugstutzen, sagte es dem Meister, und der wollte jetzt wissen, was rechts davon sei. Seeger sagte: »Schieberkammern, Schwimmerdeckel …«, und Ennemoser verlangte, er solle herunterkommen und die Leiter weiter nach rechts schieben, und als Seeger soweit war und wieder oben stand, sah er Zylinderköpfe, und Ennemoser war nicht zufrieden, er rief: »Wo sind denn die verdammten Dinger!« Seeger fragte nun, was sie eigentlich suchten, aber Ennemoser antwortete nicht, er verlangte, Seeger solle noch weiter nach rechts rutschen. Offenbar kannte er sich selber nicht mehr aus, und es stimmte gar nicht, was sie in der Werkstatt oben erzählten, daß Ennemoser genau wisse, wo jedes Schräubchen in dem Keller sich befinde. Seeger meinte, er räume gerne hier einmal zusammen. Der Meister erwiderte brummend, dann werde er überhaupt nichts mehr finden.

»Eben weil andauernd jemand hier herumkramt, finde ich nichts mehr.« Der *Alte* räume anscheinend am Wochenende immer hier in seinem Keller herum. Offenbar wisse er nicht, was er tun solle am Sonntag. Er suche da nach Ersatzteilen, die er im Geschäft noch verkaufen könne. Seeger hielt ein Zigarrenkistchen mit nagelneu aussehenden Ventilen in der Hand und reichte sie Ennemoser. Der warf nur einen Blick darauf: »Fahr ab damit: Ich brauch einen *BMW*-Ansaugflansch.« Seeger stotterte, er sei nicht sicher, ob er wisse, wie so ein *BMW*-Flansch aussehe. Er habe noch nie an einer *BMW* gearbeitet, auf Reschs Bock sei überhaupt noch nie ein Viertakter gestanden, immer nur *Puch*-Maschinen. Das sei ihm neu, erwiderte Ennemoser, daß sich ein Lehrling für einen Viertaktmotor interessiere. »Ihr seid doch froh, wenn ihr nichts anderes seht als *Puch*-Motoren ...« Seeger fand eine seltsam geformte, ineinander verschlungene Ventilfeder, und sie gefiel ihm so sehr, daß er sie heimlich einsteckte. Er wollte den Meister fragen, wo er weitersuchen solle, aber der schien nicht mehr ganz bei der Sache zu sein, und Seeger wagte nicht, ihn zu stören. Dann sah Seeger, wie Ennemoser ein Fläschchen aus der Tasche seines Arbeitsmantels holte, aufschraubte und einen Schluck tat. Seeger sagte, er sehe keine Flansche mehr, und Ennemoser darauf, ja, die habe der Alte kassiert, und fuhr fort, dann müßten sie einen solchen Flansch anfertigen, ob Seeger das könne. Seeger erwiderte, Herr Prähauser lasse doch keinen Lehrling, nicht einmal jeden Gesellen an die Drehbank, er habe noch nie Gelegenheit gehabt, drehen zu lernen. Ennemoser sagte: »Geh hinauf ins Geschäft und hol einen Flansch, geh zum Chef ...« Seeger wußte, daß das nicht ernst gemeint war. Ennemoser rief:

»Was sollen wir uns für den Ochsen plagen, schickt ihn zur *BMW*-Vertretung, die sollen ihm einen Flansch besorgen …«

Fröschl stand in der Tür, der Kunde warte oben schon eine halbe Stunde, was er ihm sagen solle. Ennemoser rief grob, er könne ihm auch nicht helfen, Fröschl sehe ja, wie es da herunten ausschaue. »Soll man da vielleicht was finden, wenn dauernd jemand herumräumt? Schickt ihn zum Artmaier, sollen die schauen, wo sie einen Flansch herkriegen!« Jetzt hat Fröschl gemerkt, daß Ennemoser angesäuselt ist, dachte Seeger. Abends beim Abrechnen würde er es wieder dem Alten erzählen, und Seeger fühlte auf einmal Mitgefühl für den Meister; vergessen waren für einen Moment alle Grobheiten, die Ennemoser ihm angetan hatte in den vergangenen Wochen. Fröschl schlich sich hinaus, nachdem er den Kopf zurückgeworfen und sich den Hals am Kragen seines grauen Arbeitsmantels gerieben hatte, als jucke ihn etwas. Das machte er immer, wenn er nicht wußte, was er sagen sollte, etwa, wenn er, eine Zigarette in der Hand, um dreiviertel sechs aus dem Magazin herauskam, um mit den Gesellen, die schon zu arbeiten aufgehört hatten, beisammen zu sein, und wenn er dann so dastand, ohne sein Stundenbuch, quasi außer Dienst, irgendeinen Gesellen anredete, mit einem freundlichen Wort, das nicht echt klang, wenn er dann merkte, daß ihn keiner beachtete, dann rieb er seinen Hals am Kragen und verschwand wieder in seinem Magazin. Und Seeger fiel ein, was sie von Fröschls Gattin erzählt hatten, daß er unter ihrem Pantoffel stehe, daß sie ein Rasseweib sei und den ganzen Tag im Morgenrock in der Wohnung herumlaufe. Einmal soll es einen Gesellen gegeben haben, der manchmal ewig nicht von einer Probefahrt zurückkam. Angeblich soll er Fröschls Frau besucht haben und es mit ihr getrieben haben. Aber das war vermutlich ein Gerücht, das die Kollegen verbreitet hatten, weil Fröschl bei ihnen unbeliebt war. Seeger wunderte sich, daß Ennemoser ihn nicht in die Werkstatt hinaufschickte, allerdings verhielt Seeger sich so still, daß er ihn vielleicht sogar vergessen hatte. Doch dann begann er wieder: »Komm schon herunter von der Leiter, hat ja doch keinen Sinn!«, und er schaffte ihm jetzt an, er solle die Kotflügel und das Blechzeug entlang des Regals beiseiteräumen. Resch hatte ihm einmal erzählt, wie es in den ersten Jahren nach dem Krieg war, als es keinerlei Ersatzteile gab. Sie gingen hinüber zum Altmetallhändler, suchten sich ein geeignetes Stück Eisen oder ein Rohr, und dann fertigten sie das Teil auf der Drehbank an. Was sie heute machten, sei nur ein Ersatzteil-Auswechseln; das könne jeder Idiot. Plötzlich stand Thaler in der Tür: Ob Seeger nicht hinaufkommen könne, beim Zusammenräumen helfen, es sei Zeit. Und Ennemoser rief: »Los, Aufräumen, Schauer!« Seeger ging mit Thaler hinauf. Ennemoser sah er an diesem Abend nicht mehr, er mußte noch im Keller gewesen sein, als die anderen schon im Waschraum standen.

Wie von selbst ergab es sich eines Tages, daß Seeger zum ersten Mal mit einem Motorrad fuhr. David war im Werkstatthof schon oft im Sattel einer Maschine gesessen, zuerst heimlich, später drückten die Gesellen ein Auge zu, wenn er eine Maschine, an der er den Service selbständig durchgeführt hatte, hinausschob, anstartete und eine Runde im Hof damit fuhr. Der Meister freilich durfte ihn dabei nicht erwischen. Friedl hatte schon mit der *250er DKW* seines

Vaters Erfahrungen gesammelt. Seeger war der einzige, der noch nie gefahren war. Wenn sie abends nach Dienstschluß allein in der Werkstatt waren und die Motorräder hineinschoben, ehe sie das Tor abschlossen und den Schlüssel in den Briefkasten warfen, wo ihn dann der Chef, wenn er fünfzehn oder zwanzig Minuten später vom Geschäft kam, herausholte und ihn am nächsten Morgen dem Lehrling, der als erster da war und klingelte beim Fenster hinunterwarf – wenn sie in dieser Viertelstunde, bevor der Chef kam, ungestört waren, wenn der Meister und die Gesellen nach Hause gefahren waren, dann ließen David und Friedl eine Maschine, die sie sich zum Fahren ausgesucht hatten, draußen stehen. Einer lief zur Kreuzung hinaus und stand Wache, die beiden anderen fuhren rasch ein paar Runden im Hof. Seeger gab dabei anfangs den Aufpasser ab. Wenn der letzte Geselle abgefahren war, lief er vor bis zur Kreuzung, spähte an der hohen Holzwand der Firma Stix um die Ecke, die Vogelweiderstraße hinauf, und gab das Zeichen, daß keine Gefahr drohe. Eines Abends hatte David eine *Puch TF* angestartet, saß auf und preschte über den Hof, kam vor bis zur Ausfahrt, wendete auf dem schmalen, sandigen Weg. Friedl hatte sich inzwischen eine andere Maschine geschnappt und fuhr hinter David her. Als er das zweite Mal bei Seeger vorbeikam, stieg er ab, drückte Seeger die Maschine in die Hand und sagte: »Probier's einmal!« Es war eine *175er Puch*. Seeger, im ersten Augenblick erschrocken, wollte ablehnen, dann, um nicht als Feigling dazustehen, packte er die Maschine an den Griffen der Lenkstange, saß auf, dosierte das Gas mit zitternden Händen, zog die Kupplung, legte den ersten Gang ein (wohl hundertmal hatte er alle notwendigen Verrichtungen in der Phantasie durchexerziert, sodaß sie ihm schon in Fleisch und Blut übergegangen waren, noch ehe er wirklich gefahren war), ließ die Kupplung langsam kommen und fuhr los. Die Maschine riß ihn vorwärts, er schaltete in den zweiten Gang, erreichte die Autowerkstatt, legte den dritten Gang ein, vorbei an der Motorradwerkstatt, bremsen, zurückschalten. Alles funktionierte so, wie er es sich vorgestellt hatte. War das alles? Er zog eine Schleife um die Birken und drehte wieder auf, und es kam ihm vor, als sei es nicht das erste Mal, daß er fuhr. Er sah David ihm entgegenkommen, David drehte das Gas so heftig auf, daß das Hinterrad seiner *TF* schwänzelte. Seeger bemerkte, wie Friedl von der Kreuzung her aufgeregt winkte. Er bremste, kehrte um und fuhr zum Werkstattor, fuhr wie die Gesellen über die Schwelle, stellte den Motor ab. Auch David fuhr seine *Puch* rasch in die Werkstatt, und eben als Friedl abschloß, kam Herr Sunkler mit seinem *Renault* in den Hof hereingefahren.

Friedl stand am Radständer und nahm sein Fahrrad heraus, David gab dem Chef den Schlüssel, sie wünschten eine »gute Nacht«, und Sunkler schnupperte ein wenig, als spüre er, daß da vor kurzem noch jemand gefahren war, sagte aber nichts, ging zu der Tür neben der E-Werkstatt, die zu seiner Wohnung hinaufführte, und verschwand. Von da an fuhr Seeger öfter. Er verschaffte sich einen Startschlüssel, der für alle *Puch*-Maschinen paßte. Die Gesellen wußten zwar, daß die Lehrlinge ab und zu mit einer Kundenmaschine fuhren, aber sie ließen sie in Ruhe, denn auch sie hatten seinerzeit auf diese Weise das Fahren gelernt. Ab und zu, wenn sie übermütig waren, wagten sie sich sogar auf die Vogelweiderstraße hinaus, drehten mächtig auf, fuhren im vierten Gang hundert Stundenkilometer und mehr, kehrten dann nach einem Kilometer um, fuhren zurück, genossen es, wenn ihnen der Wind um die Ohren pfiff. Alle drei redeten damals davon, daß sie später einmal bei einer Wertungsfahrt oder bei einem Straßenrennen mitfahren wollten, aber richtig ernst damit war es nur David. Friedl kam schon im zweiten Lehrjahr von solchen ehrgeizigen Plänen ab. Er begann seine Freizeit mit Mädchen zu verbringen, und manchmal beneideten die anderen ihn, wenn sie ihn am Sonntag vor dem Kino mit so einem Liebchen sahen, das sich die Lippen rot angemalt hatte und sich bei ihm einhängte, oder wenn ihn ab und zu ein Mädchen von der Werkstatt abholte und er sein Rad dann schob und neben ihr herging. Die Gesellen hänselten ihn: Er fange ja schon früh damit an. In der Berufsschule, die sie einmal wöchentlich besuchten, bandelten sie manchmal in der Mittagspause in der Kantine oder im Schulhof mit Mädchen an, es machte Spaß, sie zu necken oder zu überreden, mit ihnen am Nachmittag den Unterricht zu schwänzen (es waren Friseur-Lehrlinge oder Verkäuferinnen) und dafür ins nahe gelegene *Elmo-Kino* zu gehen, wo Wildwestfilme gespielt wurden. Manchmal glückte es ihnen, und sie gingen zu viert ins Kino (David hielt da nie mit), und ein paarmal bahnte sich eine kleine Verliebtheit an. Einmal war da zum Beispiel eine Drogistin namens Anita, Seeger traf sie immer in den Pausen am Buffet, spendierte ihr ein Stück Kuchen, wenn er Geld hatte.

Doch dann begegnete er ihr einmal in der Stadt – sie ging mit einem gleichaltrigen Mädchen über die Kreuzung beim *Hofwirt* –, Seeger war mit dem Firmenrad unterwegs, vorne am Gepäckträger hatte er einen abgeschabten Tank, den er zum Lackieren brachte, und er mußte es erleben, daß

Anita ihn plötzlich nicht mehr kennen wollte, sich seiner anscheinend schämte.

Von da an erlosch sein ohnehin nicht überwältigendes Interesse für das weibliche Geschlecht fürs erste. Er konnte nicht verstehen, was an einem Arbeitsgewand abstoßend sein sollte.

Damals, in den ersten Wochen, die er in der Motorradwerkstatt verbrachte, trug er immer eine Zündkerze in der Brusttasche seines Overalls. Erst war es eine alte, unbrauchbare Kerze, dann fand er eine bessere, und einmal, als er ein großes Trinkgeld erhalten hatte, war er so verrückt, sich bei Fröschl im Magazin eine neue *Bosch*-Kerze zu kaufen. Manchmal schraubte er sie im Hof in den Zylinderkopf einer Maschine, an der er gearbeitet hatte, und ließ den Motor laufen. Er liebte die Arbeit, sogar das Putzen. Mitunter war es geradezu sein Ehrgeiz, die Gehäuseteile eines Motorblocks oder eines Getriebes so gründlich zu säubern, daß sie wie neu aussahen. Da war der hohe blecherne Bottich mit dem Untersatz, darin befand sich altes Motorenöl, und damit wurden die Teile gewaschen. Meistens mußte man vorher die Krusten des hart gewordenen Drecks abkratzen.

Die feineren Teile wurden mit Petroleum geputzt. Dort, beim Bottich, trafen David, Friedl und Seeger oftmals am Tag zusammen, für Minuten oder Viertelstunden, unterhielten sich, bis einer der Gesellen rief, sie sollten nicht soviel plaudern, sondern schneller putzen, er brauche das Gehäuse. Am häufigsten stand Friedl am Bottich. Er war Gschwandtners Lehrling, und Gschwandtner nahm es mit der Putzerei übergenau. Wenn er von einer Probefahrt zurückkam, mußte Friedl noch einmal mit einem Lappen alle frischen Dreckspritzer abwischen, mit einem Streifen Kreppapier die Gummigriffe am Lenker abreiben. Bald waren Seeger alle *Puch*-Typen vertraut, und er führte selbständig kleine Arbeiten aus, Ölwechseln, Kettespannen, Abschmieren, Vergaser-Reinigen, Bremsbeläge-Abschmirgeln, und (eine Arbeit, die er verabscheute) Topfausbrennen.

Dabei mußte er die Auspufftöpfe zerlegen, die stark verrußten Einsätze herausnehmen, in den Schweißraum tragen und ausbrennen, bis sich die Rußschichten lösten. Finstere, rußige Schwaden vernebelten dann den kleinen Raum, Seeger hustete und hatte für den Rest des Tages den beizenden Geschmack des Rußes im Mund, ja, er lag ihm sogar auf der Brust. Es half nichts, die Fenster zu öffnen, oder sie ganz auszuhängen. Hatte er zwei Einsätze ausgebrannt, dann lief er ins Freie, räusperte sich, spuckte den Dreck aus, den er im Mund hatte, und Resch brummte, er sei überempfindlich; sie hätten es auch überlebt.

Einmal schickte ihn Resch in die benachbarte *Opel*-Werkstatt, um eine Stange zum Kompression-Ausbiegen. Ohne sich etwas dabei zu denken, fuhr er mit dem Rad los, fragte den dortigen Meister nach der Stange, und verstand nicht, warum plötzlich alle Mechaniker in der *Opel*-Werkstatt zu lachen anfingen. Der Meister sagte, Seeger solle ausrichten, sie brauchten die Stange im Moment selbst. Erst auf dem Rückweg wurde ihm klar, daß ihn Resch auf den Arm genommen hatte. Oder Gunzenhauser sagte zu David, er solle den Tank da in die Höhe heben und halten, er komme gleich wieder, und David stemmte mit einem Montiereisen den Tank vorne hoch, Gunzenhauser ging in den Gefolgschaftsraum, aß dort ruhig seine Jause, kam nach einer Viertelstunde, fragte David, wozu er immer noch den Tank halte, ob er nichts anderes zu tun habe. David lief dann rot an, er war in diesen Dingen sehr empfindlich. Gschwandtner wurde von Thaler, Resch und Gunzenhauser andauernd gehänselt. Er hatte ein Mädchen in Hallein, wo er zu Hause war, und dieses Mädchen hielt ihn kurz, ein Kuß war das Äußerste, was sie ihm gewährte, und er gab sich damit zufrieden, obwohl die Kollegen ihn jeden Montag fragten: »Na, wie war's gestern mit der Hanni, hat's endlich geklappt?« Und Gschwandtner schüttelte verlegen lachend den Kopf und wurde trotz seiner achtundzwanzig Jahre feuerrot im Gesicht.

Immer häufiger merkte Seeger, wie ihn das Nichtstun anödete.

Er wollte arbeiten, seinen Kopf unter eine Motorhaube stecken; es war widrig genug gewesen, so lange im Krankenhaus liegen zu müssen. Er saß beim Friseur in der Linzer Gasse auf einem Hocker und wartete, bis er drankam. Den ganzen Vormittag hatte er sich treiben lassen, war in der Innenstadt herumgewandert, hatte in die Auslagen geschaut, an einem Buffet in einer Passage ein Bier getrunken. Immer konnte er nicht in die Werkstatt gehen; was sollten sie dort denken? Sein Gesicht, das er im Spiegel sah, sooft er aufblickte, erschien ihm wie eines, das er vor langer Zeit gekannt und gemocht hatte. Wenn er es mit dem Gesicht seines Nachbarn verglich, das er ebenfalls im Spiegel erblickte, verstand er, daß manche Leute ihn sofort für einen Fremden hielten. Er blätterte eine Illustrierte durch. Ob Patsy manchmal an ihn dachte? Wahrscheinlich wird es bald einer geschafft haben, dachte er, sie für sich zu gewinnen. Er kannte sie von klein auf. Vielleicht mochte er sie sich deshalb als Frau nicht so recht vorstellen. Für ihn, auf dessen Knien sie herumgerutscht war, der ihr Dreirad repariert hatte, war sie immer noch das kleine Mädchen, obwohl sie jetzt schon an die zwanzig Jahre alt war und die *Mickey-Mouse*-Hefte mit Modejournalen vertauscht hatte. Er empfand große Zuneigung für sie, jedoch, wenn er mit ihr schäkerte (sie versuchte immer, ihn aus seiner Reserviertheit herauszulocken), schlich sich ein Gefühl des Unerlaubten ein, eine seltsame Scham hielt ihn zurück. Dabei war er sicher, daß Bigwood nichts dagegen hätte, wenn aus Patsy und ihm einmal ein Paar würde. Ihm fielen Situationen ein: wie sie im Wohnzimmer unten um ein Kissen rauften, er saß auf dem Sofa, haschte nach ihr, und wenn er sie zu fassen bekam, fühlte er, daß sie kein Kind mehr war, und ließ sie los, und dann begriff sie und errötete. Für das Geschäft ihres Vaters zeigte sie nie sonderliches Interesse.

Unterhaltungen über Autos, Motorräder, Rennen langweilten sie, und manchmal, wenn sie in den Wellblechschuppen kam, in dem Seeger an Virgils Wagen arbeitete, ihm zusah, wollte sie, daß er ihr von Österreich erzählte, der Heimat ihrer Mutter, und er erzählte von der Werkstatt, seinen alten Kollegen, von Rennveranstaltungen ... Sie schimpfte ihn: ob er nichts anderes wüßte, von den Sehenswürdigkeiten in Wien, von den Bergen und Seen, der Trapp-Familie und der Spanischen Hofreitschule, und da mußte er gestehen, daß er nie in Wien gewesen war und alle die Orte, die sie aufzählte, nicht gesehen hatte. Die Leute, sagte sie, flögen über den Ozean und ließen es sich viel Geld kosten, dieses Land zu besuchen, und er sei dort geboren und aufgewachsen und habe nichts davon gesehen; das begreife sie nicht. Er sagte dann, seine Welt sei die Werkstatt gewesen, etwas anderes habe ihn damals nicht berührt, und sie rümpfte ihr Näschen und blieb, an den Türrahmen gelehnt, noch eine Weile stehen, in ihren dunkelblauen Jeans mit dem unter dem rechten Knie aufgenähten hellblauen Herzen, und Seeger, der Virgils Wagen rennfertig machte, verstummte, weil er nichts wußte, was er ihr erzählen konnte. An Sonntagen kam sie manchmal und bat ihn, sie an den Strand zu fahren, mit Vaters *Chrysler*, und er hatte es ihr nie abgeschlagen.

Er war schon zwei Jahre in Daytona, ehe er sich eine Badehose kaufte, ehe er an den Strand kam. Damals war Pat noch ein dünner, sommersprossiger Fratz, der mit Zöpfen, ohne Mutter aufwuchs. Seeger war mit Virgil an den Strand gefahren. Bei der Arbeit hatte er eines Tages verlauten lassen, er sei noch nie am Meer gewesen. Das könne nicht wahr sein, hatte Virgil gerufen, und noch am selben Abend fuhren sie zu dritt an den Ormond-Beach, holten unterwegs Margi ab, Virgils Freundin, gingen in ein Restaurant direkt am Strand, aßen Hot dogs, tranken Bier. Musik dröhnte aus einer Box, Seeger sah auf den Halifax River hinaus, und weiter draußen glänzte der Atlantik. Sie saßen in einer Nische des Lokals, Henry schmiß unentwegt Münzen in die Box und spielte Fats-Domino-Platten. Margi scherzte, sie müsse eine Freundin für Werner finden, sie wisse schon jemand, eine gewisse Judy, und er sagte, die Mädchen liefen alle davon, wenn sie seine Hände sähen, doch Margi meinte, sie habe sich auch daran gewöhnt. Bevor sie zurückfuhren, spazierten sie noch ein Stückchen am Strand entlang, die Sonne war untergegangen, es waren nur noch wenige Leute unterwegs.

Seeger dachte, er werde jetzt oft hierherkommen, er verdiente genug, um sich ein Essen im Restaurant zu leisten, oder um sich ein Boot zu mieten. Eine Woche darauf fuhr er allein an den Strand, an einem Sonntag. Es war viel Geschäftigkeit überall, die Leute lachten und riefen durcheinander, Kinder rannten mit aufgepumpten Gummitieren umher, Seeger kam sich so allein etwas überflüssig vor, es war nicht wie beim ersten Mal. Er betrat ein Restaurant, setzte sich ans große Fenster mit dem Blick aufs Meer, doch eine Kellnerin sagte, hier sei reserviert, wies ihm einen Platz an einem winzigen Tisch neben dem Eingang zu. Elegant gekleidete Leute saßen im Lokal, er trug Shorts und ein buntes Hemd darüber, so wie letztes Mal, aber hier schien das nicht zu passen, und so vertilgte er rasch sein Steak und stahl sich wieder hinaus. Wenn er mit Patsy zum Strand fuhr, ließ er sich meistens nicht überreden zu bleiben, sagte, er habe zu tun. Ein paarmal aber nahm er die Badehose mit, sprang ins Wasser, schwamm mit Patsy hinaus, lag dann neben ihr im Sand und schnaubte, wenn sie ihm Sandkörner auf die Brust streute, weidete sich an den bewundernden Blicken der vorbeiflanierenden Burschen. Aber ein paar Jahre später, wenn er sonntags an Virgils Wagen arbeitete, und sie kam mit der Badetasche, empfand er es als störende Unterbrechung. Wenn er vor einem Rennen den ganzen Wagen auseinandergenommen hatte und dabei war, ihn wieder fahrbereit zu machen, dann hätte ihn nichts daran hindern können, zu arbeiten, bis keine Schraube mehr in der Kiste lag.

Virgil fuhr damals, vor vier Jahren, einen *Chevy*, der Seeger viel Kummer machte. Bigwood hatte ihn von Bert Meyers gekauft, der mit dem Wagen gute Plätze herausgefahren hatte. Aber als Virgil ihn fuhr, kam er damit nur bei jedem zweiten Rennen ans Ziel und kaum je unter die ersten zehn. Dann schaffte Bigwood einen neuen Wagen an, einen *Dodge*, und Virgil fuhr daraufhin wie der Teufel, um zu zeigen, daß es am Wagen gelegen hatte, wenn er keinen Pokal nach Hause brachte.

Wenn Seeger abends in der Bar des *Rupertihofes* noch ein Glas trank, überlegte er manchmal, wie spät es drüben sein mochte, und was sie wohl trieben. Bigwood wird in seinem Büro sitzen, stellte er sich vor, an seinem Schreibtisch, der überquoll von Ersatzteil-Abrechnungen, und sich seinen Wuschelkopf kratzen. Patsy an der Schreibmaschine, auf der sie so schnell tippte, daß es sich anhörte wie das Geratter eines Maschinengewehrs.

Er versetzte sich in sein Zimmer im Oberstock, seine paar Habseligkeiten, das Bett, der Einbauschrank, der kleine Fernsehapparat, das Regal mit den paar zerlesenen Büchern und den Stößen von Motor-Zeitschriften. Er dachte an die Kollegen in der Werkstatt, an den alten Vince mit seiner grünen Schirmmütze, den Chef der Werkstatt. Seeger mochte Vince. Der hatte zwar nicht viel für den Rennsport übrig, meinte, das lohne sich nicht, aber er murrte nie, wenn Seeger ihm zwei Mechaniker abzog, oft schon am Donnerstagmittag, wenn sie eine weite Strecke zu einem *Stock-Car*-Rennen vor sich hatten, er regte sich nur auf, wenn die Leute dann am Montag nur mit halber Kraft arbeiteten (nach einem Rennen ließen sie sich vollaufen, feierten, auch wenn es nichts zu feiern gab, und warum auch nicht, für manche von ihnen gab es monatelang kein privates Wochenende). Da ist Henry, der wohl noch nicht darüber hinweggekommen ist, daß Rosie sich von ihm trennte, nachdem er, wie er sagte, zwei Jahre lang alles in sie investiert, ihr jeden Wunsch erfüllt hatte. Vor Weihnachten lernte sie einen Hotelbesitzer kennen, wollte plötzlich von Henry nichts mehr wissen, und Henry drehte beinah durch, dabei wissen alle, daß dieser Hotelmann nach ein paar Wochen von Rosie genug haben wird, die bloß ein verwöhntes junges Ding ist. Er sah Rio vor sich, mit seinem ungeheuren Leibesumfang, Rio, dessen Schweiß so gut roch, der beste Kerl, den man sich vorstellen kann. Sein Großvater besaß ein kleines Weingut auf Ustica, einer trockenen sizilianischen Insel mit sechs oder sieben längst erloschenen Vulkanen. Manchmal lud er Seeger zu sich ein, dann kochte seine Frau Gina eine riesige Portion Spaghetti, und sie wikkelten und stopften sich die Nudeln hinein, tranken dunkelroten Wein dazu, und Gina stand daneben und freute sich, wenn es ihnen schmeckte. Wenn sie erregt war, konnte ihre Stimme einen schrillen Ton bekommen, der Seeger erschreckte. Manchmal brüllten sich die beiden an, aber im nächsten Moment beruhigten sie sich wieder, und Rio kam mit einer neuen Korbflasche. Wenn es sich um Motoren handelte, dann hatte er die hellhörigsten Ohren. Oft, wenn Seeger nicht mehr weiterwußte, bat er Rio, ein Stück mit dem Wagen zu fahren, und meistens konnte Rio ihm einen Tip geben. Rio fuhr einen alten *Alfa Romeo*, ein Vehikel, an dem er mehr reparierte, als er damit fuhr. Ivo, Jack und Buddy würden froh sein, daß es nun keinen Rennstall mehr gab. Buddy hatte sich schon vor einem halben Jahr bei Seeger beschwert, in den letzten paar Monaten seien ihm drei Mädchen davongelaufen. Er wolle jetzt endlich einmal Ferien machen.

»Paß auf, Buddy«, hatte Seeger gesagt, »nach zwei Wochen sehnst du dich wieder danach, daß wir loskutschieren, nach Darlington, Fremont oder Mansfield«, und Seeger wußte, Buddy, der am meisten jammerte über die wenigen freien Wochenenden, die ihnen blieben, würde schwer leben können ohne das hektische Gewühl an den Boxen, die Arbeit am Wagen, Buddy, der so schnell wie irgendeiner der Star-Mechaniker von *Pearson* oder *Petty* einen Reifen wechselte. Ein paarmal juckte es Seeger, drüben anzurufen. »Bleib bloß drüben in deinem Austria«, würde Ivo sagen, »meine Frau verflucht dich sowieso.«

Sie hatten ihm nicht geglaubt, als er geäußert hatte, er fahre keine Rennen mehr. »Die ist doch ganz froh darüber«, würde Seeger zurückrufen, »daß du am Wochenende so häufig weg bist; weißt du nicht, was man sich erzählt?«, und Ivo würde »stinkender Bastard!« rufen und den Hörer an Bigwood weitergeben, und der würde fragen, wie er sich fühle, und er würde nicht verstehen, warum Seeger immer noch in der Stadt war, und schon gar nicht dürfte er wissen, daß Seeger sich täglich in der Werkstatt aufhielt. »Das kannst du hier auch haben!« würde er sagen. Auch drüben war jetzt in der Werkstatt eine etwas ruhigere Zeit. Einige würden Urlaub nehmen. Sie verreisten zwar dann nicht, fuhren aber jeden Tag für ein paar Stunden hinaus zum Angeln, oder, wie Emerson, zum Jagen. Davon redeten sie das ganze Jahr; doch wenn sie eine Woche nicht in der Werkstatt waren, wurde ihnen langweilig. Ich bin genau wie sie, dachte Seeger. Wenn einer Urlaub hatte, konnte man sicher sein, er tauchte schon am dritten Tag in der Werkstatt auf, zeigte sich in einem neuen Sporthemd. Die Zeitung zusammengerollt in der Hand, stand er herum, die anderen zogen ihn auf, ob er es nicht aushalte, ohne sie, ob ihn seine Frau weggeschickt habe, ob sie nicht zufrieden sei mit ihm. Dann sagte er: »Shut up!«, holte ein paar Dosen Bier aus dem Kühlschrank im Lager, warf sie den anderen zu und erzählte, was für ein Riesenstück von Forelle er gestern gefangen habe, und Buddy sagte dann vielleicht: »Ja, das kennen wir, deine Forellen, sind ja Sardinen …«, und der Urlauber ging dann lässig zur Tür, sagte, er gehe jetzt in aller Ruhe einen Kaffee trinken, zu Barnes, und einer sagte: »Also dann bis morgen!«, und alle lachten.

Der Film war zu Ende, Seeger ließ sich im Gedränge der aus dem *Central-Kino* strömenden Leute in die Linzer Gasse hinausschieben und merkte belustigt, daß er unwillkürlich in Gebärde und Miene Gregory Peck nachahmte. Es schneite in dichten Flocken, er zog sich die Kapuze seines Anoraks über den Kopf. Der Zeitungsmann an der Ecke hatte seinen Laden schon dichtgemacht, also schlug er die Richtung zum Hauptbahnhof ein, um sich Lesestoff zu besorgen. Er hatte sich angewöhnt, vor dem Einschlafen eine Viertelstunde lang zu lesen. In der Halle des Bahnhofes fiel ihm wieder ein, wie elend er sich gefühlt hatte, als er damals die große Reise antrat. Er suchte sich am Zeitungsstand aus dem Stoß von Romanheften, den ihm die Kioskinhaberin zugeschoben hatte, drei Kriminalromane aus. Als er sich umdrehte und das Treiben in der Halle beobachtete – er hatte keine Eile, ins Hotel zu kommen –, sah er am Buffet nebenan Toni Luksch vor einem Glas Bier stehen. Seeger war neugierig, ob Luksch ihn noch erkannte, ging hin, sagte: »Grüß Gott« und bestellte auch ein Glas. Luksch sah ihn kurz an, Seeger merkte, daß er einen sitzen hatte. Sein Gesicht war zerfurcht. Seeger erging es wie bei Thaler:

Als er neben Luksch stand, konnte er kaum noch vertraute Züge in dem aufgedunsenen Gesicht entdecken.

Luksch hatte ihn nicht erkannt, und Seeger beließ es dabei. Der Lautsprecher meldete die Verspätung irgendeines Zuges. Der Inhaber des Buffets, ein bulliger Mann in einem weißen Geschäftsmantel, rührte mit einem Holzstab in dem Kessel mit dem kochenden Wasser die Würstelpaare um, sagte zu Luksch, ob er nicht wieder zu seinem Wagen hinausgehen wolle. Aus seinen Worten entnahm Seeger, daß Luksch Taxifahrer war. »Die merken das doch!« sagte der Budenbesitzer, »und dann fliegst du hinaus«, während er für einen neuen Kunden ein Paar Frankfurter herausfischte und sie ihm auf einem Pappuntersatz servierte. Obwohl Seeger kein Wort gesagt hatte, sah Luksch ihn herausfordernd an, als wolle er fragen, was ihn das angehe. Luksch schien seine Gedanken erraten zu haben. »Selbst wenn ich einmal zuviel erwischt hab, fahr ich immer noch zehnmal besser als die anderen, stimmt's, Josef?« rief er dem Wirt zu. »Ja, aber setz dich jetzt in deinen Wagen«, sagte der Mann. »Wenn die dich rufen, dann meldet sich keiner, und sie lassen dich suchen. Sei doch gescheit. Sag in der Zentrale, dir ist nicht gut; fahr heim.«

»Alle paar Wochen dreht der Kerl durch«, sagte der Inhaber zu Seeger, als sei der ein alter Bekannter. Und Seeger sagte: »Sie sehen dem früheren Staatsmeister Luksch ähnlich.« Luksch drehte sich zu ihm herum und sah ihn kurz an. Ja, das sei er, sagte der Wirt, aber das sei längst vorbei, kein Hahn krähe mehr danach. Plötzlich machte Luksch eine ungeschickte Bewegung, stieß sein halb ausgetrunkenes Glas um. Das irritierte ihn, er kratzte sich am Kopf und ging ohne ein weiteres Wort davon, durch die gläserne Tür hinaus zum Standplatz. Der Buffetwirt wischte mit einem Lappen das ausgelaufene Bier auf. Seeger hatte Appetit auf ein Paar Würstel und bestellte welche. Der Wirt fischte sie mit den gleichen Bewegungen wie zuvor aus dem Kessel, nahm ohne hinzusehen einen Pappteller, gab einen Löffel Senf darauf, legte die Würstel in die Mitte, eine Semmel dazu und schob ihm den Teller zu. Um den Mann sei es schade, sagte er.

Ob er ihn kenne? Seeger erwiderte kauend, er sei früher, vor zwölf oder fünfzehn Jahren, immer zu den Rennen gefahren, zuschauen, und von daher sei ihm Luksch bekannt. »Er hat sich vor Ihnen geschämt«, sagte der Mann, »er hat nicht gedacht, daß es noch Leute gibt, die sich an ihn erinnern.« Drunten im *Ischler Stüberl* sitze er am Abend oft, wenn er keinen Dienst habe, dann fange er zu später Stunde an, die Gäste mit seinen früheren Erfolgen zu traktieren. Er erzähle von seinen Rennsiegen, ob es jemand hören wolle oder nicht. Er setze sich zu wildfremden Leuten an den Tisch und frage sie, ob sie schon einmal was von Toni Luksch gehört hätten, dem Staatsmeister, und die Leute hielten ihn für einen Spinner und lachten über ihn. Manchmal ahme er die Geräusche der Rennmotoren nach, bis der Wirt ihn zurechtweise. »Wenn er so weitermacht, dann fliegt er beim Funktaxi hinaus«, sagte der Buffetwirt. »Aber haben Sie gesehen, wie der abgedampft ist, als er merkte, daß Sie ihn kennen? Er hat sich geniert.«

Am nächsten Tag waren die Gebrauchtwagen auf dem Lagerplatz neben der Werkstatt eingeschneit, ein Lehrling schaufelte eine Gasse zwischen den Wagen frei. Seeger erzählte in der Werkstatt von seiner Begegnung mit Luksch.

Sowie Fröschl den Namen hörte – er hatte seinen Kopf beim Magazinfenster herausgestreckt, als Seeger ein paar Flaschen Bier auf die Werkbank gestellt hatte –, kam er aus dem Magazin, gesellte sich mit einer Zigarette zu ihnen: Im Sommer 1948 hätten sie auf einem Lastwagen seine *Puch* in die Werkstatt gebracht, die habe übel ausgesehen.

Bei der *Gaisbergwertungsfahrt* sei Luksch von der Strecke abgekommen, er habe versucht, über einen Graben zu springen, aber wahrscheinlich die Maschine vorne zu sehr hochgerissen, sie habe sich in der Luft gedreht, ihn unter sich begraben. Mit gebrochenen Rippen und einem verstauchten Arm sei er im Bach gelegen und beinahe ersoffen. Ein Bauer, der auf dem Feld gearbeitet hatte, habe ihn herausgezogen. Luksch habe gebrüllt wie am Spieß, da der Bauer ihn falsch angepackt habe. Aber nach ein paar Wochen sei er schon wieder mit der Zigarette in der Hand in der Drehwerkstatt gestanden und habe Ennemoser zugeschaut, wie er die *Puch* fahrbereit machte. 1950 habe er seinen ersten Staatsmeistertitel errungen. »Wenn er nicht so gesoffen hätte«, bemerkte Thaler, der mit einem Draht die Kette durch den Kettenkasten zog, »wäre er noch besser gewesen.«

An Montagen, in der Saison, wenn die *125er Rennpuch* von einem Rennen zurückkam, verdreckt, rissen die Lehrlinge sich darum, sie putzen zu dürfen. Gunzenhauser ließ keinen an seine Maschine, er säuberte sie sogar selber. Manchmal lag am Montag, wenn sie in der Früh in die Drehwerkstatt gingen, ein Lorbeerkranz auf der Maschine von Luksch, dann wußten sie, er hatte wieder einmal gewonnen, und Ennemoser kam dann nicht vor Nachmittag. Er und Luksch, obwohl sie von der Siegesfeier kamen, die bis tief in die Nacht dauerte, feierten, wenn sie wieder zu Hause waren, weiter, gingen in den Gasthof *Wegscheid*, nachdem sie die Maschine in der Werkstatt abgeladen hatten, bestellten sich statt des Frühstücks Bier und tranken weiter, und am Nachmittag kam dann Ennemoser, mit umwölkter Stirn, die Lehrlinge gingen ihm aus dem Weg. Er verzog sich auch bald in den Gefolgschaftsraum, legte seinen Kopf auf den Tisch und schlief bis zum Abend. Am nächsten Tag machte er sich dann in der Drehwerkstatt an Lukschs Maschine. Luksch und Gunzenhauser konnten einander nicht riechen. Gunzenhauser, eigentlich Fernmeldemonteur, war über den Rennsport zum Mechanikerberuf gekommen, hatte nie eine Lehre absolviert, keine Gesellenprüfung abgelegt. Er war ein verbissener Bursche, der nach den Rennen immer bald verschwand, bei Preisverleihungen nur teilnahm, wenn er unter den ersten drei gewesen war. Er redete oft stundenlang kein Wort, wenn er an seiner *Rennpuch* werkte.

In seinem ersten Werkstatt-Sommer war Seeger an einem Sonntagnachmittag mit David in die Alpenstraße gefahren, dort war das Ziel einer Wertungsfahrt, und die letzten Kilometer auf der Alpenstraße waren als Geschwindigkeitsprüfung ausgeschrieben. Sie stellten ihre Räder gegen einen Baum und warteten auf Luksch, der eine *250er Sport-Puch* fuhr. Er donnerte als erster durchs Ziel, war von oben bis unten mit Dreck bespritzt. Als er die Maschine abgestellt und aufgebockt hatte, lief eine junge Frau zu ihm, wischte ihm mit einem weißen Tüchlein das Gesicht ab, schälte eine Orange, steckte ihm die Stücke in den Mund, küßte ihn auf die Wange. Sie gingen zu ihm hin, andere Fahrer fuhren jetzt durchs Ziel, sie standen um seine total verdreckte Maschine herum, aber er beachtete die beiden nicht, kannte sie auch nicht, denn sie arbeiteten erst kurze Zeit in der Werkstatt.

In dem Jahr, als Gunzenhauser nach Wien ging, als David seine ersten Rennen auf der *Ex-Gunzenhauser-Puch* fuhr, kam auch Luksch nur noch selten in die Werkstatt. Die *125er Puch* war zu langsam geworden, sie war schon zwei Jahre nicht mehr eingesetzt worden. Die italienischen Marken *MV Agusta, Mondial, Ducati* waren unschlagbar geworden. Dann kündigte Ennemoser.

Die Nachricht schlug in der Werkstatt wie der Blitz ein. Ein paar Tage lang sprachen sie von nichts anderem als von der Werkstatt, die Luksch in Hallein eröffnen wollte, für die er Ennemoser als Werkmeister gewonnen hatte. Heimlich hatten die beiden alles vorbereitet. Gschwandtner, der in der Nähe wohnte, beschrieb ihnen die Werkstatt. Früher sei es eine Tischlerei gewesen, jetzt sei es eine modern eingerichtete Motorradwerkstatt, größer als ihre; Ennemoser und Luksch hatten wohl beide alles zusammengelegt, was sie besaßen, und sie setzten auf den Namen von Luksch. Diese Werkstatt habe nie richtig floriert, sagte Edi, als Seeger ihn daran erinnerte. Das Motorradgeschäft sei damals schon abgeflaut, es wurden, wenn überhaupt zweirädrige Fahrzeuge, Roller und Kleinkrafträder gekauft.

Diese Kunden kamen aber zum Service zu den Firmen, wo sie ihr Gefährt gekauft hatten. Luksch hatte keine Verkaufsstelle, und richtige Reparaturen gab es nicht viele, er habe auch über seine Verhältnisse gelebt, Ennemoser, erbittert darüber, wie sich die Lage immer mehr verschlechterte, wurde unzugänglicher, begann wieder während der Arbeit zu trinken, dem Gesellen, den sie angestellt hatten, mußten sie kündigen, alle Arbeit lastete auf Ennemoser, auch die Dreckarbeit, und es soll nicht lange gedauert haben, und die beiden waren zerstritten. Ennemoser sei zur Post gegangen, und wer weiß, wie es ihm dort ergehe.

Wie merkwürdig: Luksch, der große Luksch, zu dem sie aufgeschaut hatten wie zu einem Gott, war jetzt Taxichauffeur. Und Ennemoser, der in der Werkstatt regiert hatte, der nur mit dem Finger zu winken brauchte, und sie sprangen herbei, um ihm das Montiereisen zu bringen oder Zigaretten zu holen: Konnte man sich vorstellen, daß er heute auf dem Rollbrett unter einem Postautobus lag, daß er jemanden über sich hatte, der ihm die Arbeit zuteilte?

»Die erste *Puch S4*, die ich mir genauer ansah, weil ich sie kaufen wollte, enttäuschte und verwirrte mich. Erstens fand ich sie nicht sehr schön, und zweitens war alles anders als bei anderen Motorrädern.« Seeger runzelte die Stirn. Für ihn war die *S4* immer das Schmuckstück einer Maschine gewesen.

Er las weiter in der Motorrad-Zeitschrift. In einer halben Stunde frühestens konnte er sich zum Abendessen in den Speisesaal setzen. Außer ihm war niemand in der holzgetäfelten Halle. »Natürlich war auch bei der *S4* vorn und hinten ein Rad ... in der Mitte ein Sattel, davor ein Tank und darunter der Motor – aber bei kaum einem Detail gab es eine konstruktive Verwandtschaft zu anderen Fabrikaten. Das begann mit den besonders geformten Hebeln am Lenker und den nicht umsponnenen Bowdenzügen, ging über die vom Getriebe angetriebene Ölpumpe und endete bei der Kupplung, die sich in der Hinterradnabe befand. In den späten dreißiger Jahren hatte die *250er Puch S4* auch in

Deutschland einen ausgezeichneten Ruf als sportliche und gleichzeitig sehr sparsame Maschine, mit der bei Gelände- und Zuverlässigkeitsfahrten ausgezeichnete Erfolge errungen wurden, trotz der oft erheblich kritisierten Straßenlage, die besonders im Gelände ganz harte Männer forderte.

›Nach Art des Hauses‹ hatte die *S4* (Sport-4-Gang) den in Graz zu hoher Kultur entwickelten Doppelkolben-Zweitaktmotor …«

Seeger erinnerte sich, wie er manchmal an *S4*-Maschinen gearbeitet hatte; zu seiner Zeit kamen nur noch selten welche in die Werkstatt. Wie viele Vorkriegsmodelle sah man um 1950 noch auf den Straßen! Freilich wurden früher Motorräder nicht aus Blech hergestellt, das man mit der Hand verbiegen konnte. Seegers *Triumph Grand Prix* (Baujahr 1948), die er nun schon neun Jahre fuhr, sah immer noch wie neu aus. Jeden Sonntag, den er für sich hatte, fuhr er, um der brütenden Hitze des Nachmittags zu entkommen, nach Port Orange, nach High Bridge, oder sogar bis Palm Beach, ließ sich auf der schnurgeraden Küstenstraße den Wind um die Ohren blasen.

1934: War das nicht auch das Baujahr seines ersten Motorrades, der *Royal Enfield*, einer schweren *650er*-Maschine, die er im zweiten Lehrjahr gekauft hatte? Sunkler hatte sie für eine neue *Puch* in Zahlung genommen. Ennemoser bestimmte, sie solle zum Altmetallhändler gebracht werden. Auf Seeger übte die dunkelgrün lackierte Maschine magische Anziehungskraft aus.

Er fuhr ins Geschäft hinauf und fragte den Chef, ob er sie ihm verkaufe. Sunkler meinte, was Seeger bloß mit der alten Karre anfangen wolle, die laufe doch nicht mehr; er gab sie ihm aber dann für achthundert Schilling. Wenn er heute daran dachte, lief er rot an vor Zorn, aber damals schien es ihm, Sunkler habe ihm ein Geschenk gemacht. Den restlichen Tag war er zerstreut, dachte unentwegt an die *Royal Enfield*, die draußen am Baum lehnte. Resch setzte ihm ein paarmal den Kopf zurecht, was denn heute los sei mit ihm. Seeger lief immer wieder hinaus zur Maschine, zu seinem ersten Motorrad. Und obwohl ihm klar war, daß sie wahrscheinlich nicht mehr zum Laufen gebracht werden konnte, hatte er noch nie im Leben mit etwas soviel Freude gehabt. In der Mittagspause reinigte er sie vom gröbsten Dreck, kratzte den verhärteten Straßenkot vom Fahrwerk und vom Motor, säuberte sie mit Pinsel und Petroleum, rieb mit der Drahtbürste den Rost von den Zylinderkühlrippen, pumpte Luft in die abgefahrenen Reifen – sie entwich sofort wieder. Lukas, dem er die Batterie brachte, sagte, die lasse sich nicht mehr aufladen, die Zellen seien völlig ausgetrocknet, die Batterie könne er wegschmeißen.

Abends ließ er sein Fahrrad bei der Werkstatt stehen und schob sein Motorrad mühsam nach Hause, bockte es neben der Kellertür im Hof auf, konnte es kaum erwarten, mit dem Zerlegen zu beginnen. Hatte er früher seine Abende damit zugebracht, im Wohnzimmer bei der Familie seines Onkels zu sitzen, Radio zu hören, in einem der abgegriffenen Abenteuerromane, wie sie massenhaft herumlagen, zu lesen, oder das *Werkstatt-Wochenbuch* für die Berufsschule zu schreiben, so hockte er jetzt jeden Abend bis zum gänzlichen Dunkelwerden auf einem Schemel im Hof und zerlegte die *Royal Enfield*. Er hatte sich ein paar Kisten besorgt, in die legte er alle Teile. Resch hatte ihm erlaubt, daß er einiges Werkzeug mit nach Hause nahm. Das Zerlegen der Maschine war nicht so einfach, wie er es sich gedacht hatte.

Die Schrauben waren zum Teil völlig eingerostet, der Sechskant der Muttern abgewetzt, sodaß kein Schlüssel mehr faßte. Ohnehin paßten die Zollschrauben und Zollmuttern nicht mit den Maßen ihrer Schraubenschlüssel zusammen. In vielen Fällen mußte er mit der Eisensäge arbeiten, so weh ihm das auch tat. Schließlich konnte er den schlanken Motorblock in die Kiste legen, dann das Getriebe.

Er baute die Räder aus, die vordere Gabel, Öltank, Sattel, Kettenkasten, bis alles zerlegt und in den Kisten verstaut war.

In jenen Tagen war er voll Zuversicht, er bringe die Maschine doch noch zum Laufen. Onkel Luis hatte ihm gestattet, den Werktisch in seinem Keller zu benutzen. Nun ging Seeger daran, den Motorblock zu zerlegen. Jedes einzelne Teil gab er in ein Petroleum-Bad, den Zylinderkopf, die Ventile. Ventilfedern, Nocken, Stößel, die Ölleitungsrohre, dann den Zylinder, die Kolben, Kolbenbolzen, Ringe. Den Magnetzünder nahm er mit in die Werkstatt, Herr Lukas versprach ihm, ihn kostenlos zu überholen. Danach nahm er das Kurbelgehäuse auseinander, hielt endlich die schwere Kurbelwelle in der Hand. Alle diese Teile nahm er heimlich mit hinauf in sein Zimmer, jeden Abend ein anderes Stück, polierte es mit feinem Sandpapier, spielte damit, studierte es, baute Motor und Getriebe zusammen, zerlegte sie wieder.

Friedl und David gegenüber hatte er nun einiges voraus, sie hatten noch nie an einem Viertaktmotor gearbeitet. Er begann sich von der Familie abzusondern, nahm nicht mehr teil an den Abenden vor dem Radio, spielte nicht mehr Zuhörer bei Onkel Luis' Erzählungen vom Rußlandfeldzug. Onkel Luis schärfte ihm ein, er solle sich zusammennehmen, seinen Beruf ordentlich und gewissenhaft erlernen, denn nach der Gesellenprüfung müsse er auf eigenen Beinen stehen. Ihre Wohnung sei auf die Dauer zu klein, um ihn unterzubringen. Ab und zu kam er spätabends in den Keller und sah zu, wie Seeger an der *Royal Enfield* arbeitete, und wenn Tante Erna schimpfte, daß er die ganze Wohnung mit seinen dreckigen Händen beschmutze (an den weißen Türen könne man genau sehen, wo er sie anfasse), Onkel Luis verteidigte ihn dann: Das gehöre nun einmal zu Werners Beruf, den er sich ausgesucht habe, damit müßten sie sich abfinden.

Wenn Seeger mittags nach Hause kam und sich nach dem Essen eine halbe Stunde ausruhen wollte, dann erlaubte ihm seine Tante nicht, daß er sich auf die Bank in der Küche legte, schon gar nicht auf das Sofa, er mußte sich auf den Boden legen, denn seine Kleidung, die er unter dem Overall trug, sei nicht sauber. Der Arbeitsanzug färbe ja durch, also sei auch das Gewand darunter schmutzig. Seeger war das einerlei. Den geringen Lehrlingslohn lieferte er jeden Freitag ab, ein paar Schillinge durfte er als Taschengeld behalten. Kam Besuch von anderen Onkeln und Tanten, versuchte er sich zu verdrücken, aber unbarmherzig kam Onkel Luis und holte ihn aus seiner Kammer.

Seeger mußte sich zeigen, von seiner Lehre erzählen, die Leute nickten beifällig: Automechaniker, das sei heutzutage ein Beruf mit Zukunft (Seeger korrigierte sie nicht einmal, daß er Motorradmechaniker sei, worauf er stolz war), und wenn sie dann alles gesagt und alles aufgegessen hatten und sich verabschiedeten, dann mußte Seeger sie noch in den Keller geleiten, mußte ihnen die *Royal Enfield* zeigen, und Onkel Luis pflegte zu sagen: »Wie der Werner die alte Kiste angeschleppt hat, haben wir geschimpft, und wie er alles in tausend Teile zerlegt hat, habe ich gesagt, das bringt er nie wieder zusammen; aber er hat es zusammengebaut.« Seeger empfand es als Entweihung, wenn diese aufgeblähten Verwandten vor seiner Maschine standen, am Kupplungshebel zogen oder mit dem Gasdrehgriff spielten. Die *Royal Enfield* kam nie zum Laufen.

Der Magnetzünder war nicht mehr zu reparieren gewesen, außerdem waren alle Lager so ausgeleiert und die Ventile so abgeschliffen, daß an ein Funktionieren des Motors nicht zu denken war. Für dieses Modell war nicht einmal in England mehr ein Ersatzteil zu bekommen. Für ihn war es gar nicht so wichtig, daß sie lief, es war trotzdem seine Maschine, das einzige, was er besaß, was er liebte. Wenn er sich an Sommerabenden auf die Maschine setzte, im Hof ihres Wohnblocks, dann besaß er Phantasie genug, sich vorzustellen, wenn er jetzt den Kickstarter träte, spränge sie an, er klappte den Ständer zurück, legte den ersten Gang ein und knatterte los. Und er vermeinte den harten, langsam stoßenden Laut des Einzylindermotors zu hören, »tum, tum, tum, tum, tum«; in der Werkstatt hatten sie einmal eine alte *Ariel*, die hatte so geklungen, und seine Maschine, dachte Seeger, mußte einen ähnlichen Spruch haben.

Zwei Jahre kannte er David schon, so lange war er mit ihm Tag für Tag in der Werkstatt zusammen, ehe er die Behausung kennenlernte, in der Davids Familie wohnte. Jahre später begriff Seeger, daß David sich wegen seines Zuhauses geschämt hatte.

Ihm jedenfalls hatte das Gehöft, das zwei Familien notdürftig Unterkunft bot, und das es nicht mehr gab, wie er am Vortag festgestellt hatte, gefallen. Beide waren sie Flüchtlingsfamilien gewesen, die während oder nach dem Krieg hierher verschlagen worden waren. David wohnte mit seinen Eltern und seiner jüngeren Schwester in zwei Räumen. Er schlief auf einem Sofa in der geräumigen Küche, die gleichzeitig auch Wohnraum war. In dieser Küche waren immer auch Haustiere, ein schwarzer Schäferhund, Katzen, und wenn die Tür nach hinten zum Heuschober geöffnet war, dann kamen auch Hühner in die Küche. Selten hatte sich Seeger an einem Ort so zu Hause gefühlt wie in diesem Raum mit dem großen Herd und den zwei kleinen Fenstern.

Im Hof roch es nach frisch gemolkener Milch, nach Hühnerdreck, Heu und Kuhmist. Als Seeger zum ersten Mal zu David kam, hatten sie sich zu einem Kinobesuch verabredet. David hatte damals eine Vorliebe für Westernfilme, speziell für solche, in denen Audie Murphy mitspielte. Er war zu früh dran. David wusch sich gerade in einem Holzschaff, das auf einem Stuhl mitten in der Küche stand. Sie waren damals schon Freunde, trotzdem merkte Seeger, David war es nicht recht, daß er ihn bei seiner Waschung antraf. Sein Vater lag auf dem Sofa und las in einer Zeitung, seine Mutter, die weite schwarze Gewänder trug, bügelte am Tisch. Als David sich angezogen hatte, mußte er noch etwas essen, seine Mutter wollte ihn sonst nicht aus dem Haus lassen. Während er seine gefüllten Paprika verzehrte, durfte Seeger Davids Album anschauen, in das er Zeitungsausschnitte und Bilder aus Motorsport-Zeitschriften eingeklebt hatte. Davids Mutter war ständig besorgt, daß er mit dem Fahrrad stürzte, weil er so verwegen fuhr. Als er sich sein erstes Motorrad kaufte, und auch zu Hause davon sprach, bei kleinen Rennen mitzufahren, da dachten seine Eltern, Seeger habe ihn dazu angestiftet; sie begegneten ihm von da an mit Mißtrauen, und immer, wenn David sich bei einem Sturz Abschürfungen oder eine Verstauchung des Knöchels zugezogen hatte, ließ sich Seeger nicht bei Davids Mutter blicken.

David war kein Kumpel, der mit jedem sofort Bruderschaft trank. Der Tag, an dem sie so richtig Freundschaft schlossen, war für Seeger leicht zu merken: Montag, der 13.9.1954. David war mit Gunzenhauser am Wochenende nach Monza gefahren und hatte dort am Samstag den Todessturz von Rupert Hollaus beinahe miterlebt. Als sie am Vormittag im Motodrom ankamen, sei ihnen ein Italiener mit nassen Augen entgegengelaufen. »Ollaus è morto!« hatte er ihnen zugerufen, als er ihr Nummernschild am Wagen sah. Es war eine halbe Stunde vorher passiert. Zuerst verstanden sie nicht, was er meinte, dann konnten sie es nicht fassen. Seeger hatte die Nachricht schon im Rundfunk gehört, aber als David ihm davon erzählte, wurde er wieder stark ergriffen. In seinem dritten Lehrjahr hatte David so viel gespart (mit seiner Kaninchenzucht verdiente er viermal soviel, als die Lehrlingsentschädigung ausmachte), daß es zu einer Anzahlung beim Chef für eine unfallbeschädigte *Puch 125 SL* reichte. Mit dieser Zweivergaser-Sportmaschine begann David seine halsbrecherischen Fahrten. Wie Gunzenhauser, Thaler, Resch und Edi donnerte er jetzt in der Früh die fünfzig Meter von der Straße zur Werkstatt herein, daß das Hintergestell der *Puch* auf dem sandigen Belag arg schwänzelte, und lehnte dann die Maschine an die Werkstattmauer. Die Gesellen, selbst keine bedachtsamen Fahrer, prophezeiten ihm, er werde mit dieser blöden Fahrerei bald einmal tüchtig auf die Schnauze fliegen. Aber David hatte, was sie nicht wußten, schon mehrere Stürze hinter sich, mit Motorrädern von Kunden, im Hof der Werkstatt, und jedesmal war es ein Meisterwerk von ihm gewesen, die Abschürfungen am Lack mit Farbe so auszubessern, die verbogenen Fußraster wieder so hinzubiegen, daß der Kunde es nicht gleich merkte. Jetzt, mit seiner eigenen Maschine, fuhr David noch rücksichtsloser. Die Leute, die entlang der Strecke wohnten, die von seinem Zuhause zur Werkstatt führte, kannten ihn bald, den kreissägeähnlichen Ton seiner Maschine, seine Art zu schalten und das Gas aufzureißen.

Zuerst griffen sie sich an die Stirn, wenn sie ihn kommen hörten, später ballten sie die Fäuste, zuletzt schüttelten sie nur noch den Kopf. Einige Male hatte David ihn zu Mittag nach Hause mitgenommen und ihn nach dem Essen wieder abgeholt.

Seeger fühlte sich auf dem Sozius nie wohl; ihm schien, David wolle ihm zeigen, wie verwegen er fahren könne, und Seeger zweifelte ohnehin nicht an seiner Fahrkunst.

Er fürchtete sich, wenn er mit David fuhr, vor der sogenannten Fürbergkurve. Es war eine rechtwinkelige Kurve, man konnte sie mit fünfzig bis sechzig Stundenkilometern durchfahren, obwohl die Straße schmal und abschüssig war. David fuhr sie mit achtzig, winkelte die *Puch* so tief herab, daß Fußraster und linker Auspufftopf am Asphalt streiften, es spritzte Funken, das Hintergestell der *Puch* schwänzelte, die Maschine drohte zu schleudern, und Seeger sah sie beide jedesmal hinausfliegen und an der Mauer des Gasthofes kleben, der die Straße rechts begrenzte. Erst später, als er seine *BSA* besaß, fuhr auch Seeger manchmal diese Straßen, und auch er fuhr die Fürbergkurve mit der Geschwindigkeit, die sie gerade noch vertrug, und wenn jemand bei ihm auf dem Rücksitz saß, merkte Seeger, wie der sich krampfhaft an ihn klammerte.

David sparte auf einen Alu-Zylinder. Im Winter wollte er seine *125er* schnell machen und sich im nächsten Jahr an einigen Rennen beteiligen. Er war zwei Jahre älter als Seeger, rauchte nicht, trank keinen Alkohol, und die Gesellen nannten ihn spöttisch den »Mönch«.

Einmal fuhr er mit der neuen *650er BMW* eines bayerischen Kunden, an der er nur den Nippel am Bremsseil einzulöten gehabt hatte, die Vogelweiderstraße hinunter. Die Gelegenheit, eine solche Maschine auszuprobieren, ließ er sich nicht entgehen. Er riß das Gas in einer Weise auf, daß Resch, Thaler und Edi aus der Werkstatt liefen und schauten. Der Kunde stand verdattert bei der Tür, und als David die Vogelweiderstraße heraufdonnerte, zur Werkstatt hereinbog, da ahnte der Fahrer in der nagelneuen Lederkombination wohl, daß da kein gewöhnlicher Mechaniker auf seiner Maschine saß. Als er dann stumm auf die blau angelaufenen Auspuffröhren wies, sagte Edi, das schade der Maschine nicht, im Gegenteil. Nachdem der Kunde weggefahren war, bekam David doch noch einen Rüffel vom Meister: »Ihr Stifte habt nicht zu fahren. Bittet eure Gesellen darum!«, aber nach ein paar Tagen ließ es David schon wieder darauf ankommen.

Eines Tages lasen sie im *Motorrad*, daß der bekannte Speedway- und Sandbahn-Fahrer Zellermayer seine Maschine »wegen Aufgabe des Rennsports« verkaufe. David, der für Sandbahnrennen schwärmte, bat Seeger, mit ihm zu Zellermayer nach Hallwang zu fahren. Zwar hatte David keine Ahnung, wie es zugehen sollte, daß er die Maschine kaufen könne, aber der Kauf war ohnedies nur ein Vorwand, um den Altmeister ansprechen zu können. Sie fanden Zellermayer, als sie an einem Sonntag nach Hallwang fuhren, im Gasthaus, mitten unter Bauern. Der mehrfache Staatsmeister, der einen Bierkrug vor sich hatte, spielte mit den Bauern Karten. Äußerlich unterschied er sich nicht von ihnen. Als David ihn ansprach, sagte er, ja, die Maschine sei noch zu haben, sie sollten sich niedersetzen, ein Bier trinken, in einer Viertelstunde sei er soweit, das Spiel müsse zu Ende gespielt werden. In der Kirche war die Messe zu Ende, immer mehr Dörfler strömten in die verrauchte Gaststube. Endlich erhob sich Zellermayer und winkte ihnen. Es seien nur ein paar Schritte zu ihm nach Hause. Er führte sie zu einem Schuppen, und da konnten sie die *Jap* bestaunen. Es war nicht viel dran an der Maschine. Ob sie Rennen fahren wollten, fragte Zellermayer, und Seeger deutete auf David. Er habe auch früh angefangen zu fahren, sagte Zellermayer, mit zwanzig Jahren. Aber jetzt bekomme seine Frau das dritte Kind, und er höre auf. Die Maschine sei seit dem letzten Herbst nicht mehr gefahren worden, aber sie sei gut in Schuß, mit der könne man jederzeit noch ein Rennen gewinnen. Er habe auch zwei Reservemotoren und viele Ersatzteile. Wenn sie ihn anschöben, könne er die Maschine anstarten. Da sagte David, sie hätten die Maschine nur einmal sehen und nach dem Preis fragen wollen. »Ja, der Preis«, sagte Zellermayer, unter fünfzehntausend Schilling sei nichts zu machen. Nur Barzahlung komme für ihn in Frage. David sagte auf der Heimfahrt, er habe sich Zellermayer ganz anders vorgestellt.

Im Jahr darauf, in Mattighofen, Mitte April, fuhr David

sein erstes Straßenrennen mit der *Puch SL*. Er war selbst am meisten überrascht, so schlecht abzuschneiden. Vor allem war seine Maschine zu langsam. Auf den geraden Streckenabschnitten überholten ihn Leute wie Brandstätter, Luksch, Pongratz, als stünde er still. Hinterher war er niedergeschlagen, wollte mit niemandem reden. Sie montierten die Kennzeichen wieder, tauschten die Auspufftrichter gegen Töpfe aus, verstauten die Trichter im Rucksack und fuhren nach Hause. Seeger tröstete ihn, er sei immer noch ein besserer Fahrer als die meisten, die ihn heute geschlagen hatten. An jenem Tag kam auch Luksch nicht unter die ersten drei, aber Gunzenhauser gewann mit der *250er* das Rennen seiner Klasse. Es war Gunzenhausers letztes Rennen auf der *Puch*, ein paar Tage darauf äußerte er, er gehe nach Wien, er habe einen Vertrag mit einem *Jawa*-Händler abgeschlossen.

David sprach einige Male mit Sunkler und erreichte, daß der Chef ihm die *250er* zur Verfügung stellte. Und obwohl nur noch drei Wochen bis zum Autobahnrennen blieben, war David entschlossen zu starten. Ein paar Tage später trafen sie sich vor Sonnenaufgang vor der Werkstatt, und Seeger schleppte David mit seiner *BSA* ab. Sie fuhren durch die Stadt zur Autobahn, hielten oberhalb der Salzachbrücke an und machten die *Puch* startklar. Als Seeger David anschob, erfüllte sich die ganze Gegend mit dem ohrenbetäubenden Brüllen des Motors (sie hatten die Trichter montiert), und er hoffte, sie bekämen keinen Ärger mit der Polizei. David orgelte davon, er fuhr in Richtung Autobahnunterführung, bald hörte man nur noch den singenden Ton der *Puch*, der immer leiser wurde, und nach einer Weile der Stille hörte man ihn die Gegengerade wieder heraufkommen, bei der

Spitzkehre zurückschalten, dann wieder beschleunigen, er kam schon in Sichtweite, lag auf der Maschine, schaltete, ohne seinen Körper zu bewegen, flog an Seeger vorüber, nahm dann Gas weg, bremste, fuhr über den Grünstreifen und ließ die Maschine ausrollen. »Das ist ein Apparat!« sagte er und strahlte, bibberte jedoch vor Kälte. Jetzt müsse Seeger eine Runde drehen. Er sagte, sie sollten lieber abhauen, ehe die Gendarmerie komme, oder die Polizei, aber David widersprach, hier höre sie keiner, und wenn schon, bis die kämen, seien sie längst weg. Insgeheim hatte sich Seeger immer schon gewünscht, einmal mit einer Rennmaschine zu fahren, jetzt fürchtete er sich davor, stieg aber trotzdem in den Sattel. David schob ihn an. Als er die Kupplung greifen ließ, riß ihn die Maschine vorwärts, mit ungeheurem Gebrüll, er setzte sich zurecht, gab den dritten Gang hinein, legte sich flach, ließ den Motor hinaufdrehen, vierter Gang, der Tachometer zeigte auf hundertvierzig Stundenkilometer.

Schon näherte er sich dem Ende der Geraden, er mußte Gas wegnehmen, zurückschalten, die langgezogene Rechtskurve, er ließ die Maschine auslaufen, bremste die abschüssige Spitzkehre an, beschleunigte wieder, fuhr durch die Unterführung, drehte jetzt richtig auf, spürte, wie es ihn nach hinten drückte, er igelte sich ein, schaltete auf den Dritten, klammerte sich mit den Knien am Tank fest, vierter Gang, der Motor sang sich auf achttausend Touren hoch. Seeger näherte sich der Kehre in Klesheim, er nahm das Gas weg, schaltete zurück, viel zu früh, wie er dann merkte, die Augen tränten ihm, er duckte sich wieder, schoß die Gegengerade hinauf, wobei er mehrere Male beim Schalten das Gefühl hatte, das Vorderrad befinde sich in der Luft. Er kam wieder zur Unterführung, dann zur Spitzkehre, wieder beschleunigen, die Gerade hinauf zur Salzachbrücke; er ließ die *Puch* im Leerlauf ausrollen, der Motor dampfte. Sie hatten es nun eilig, befestigten das Seil am Lenkkopf der *Puch*, und Seeger schleppte David zur Werkstatt; sie kamen gerade noch pünktlich um halb acht an. Beim Autobahnrennen erreichte David einen neunten Platz, beim nächsten Rennen in St. Pölten war es ein fünfter, und *Austro-Motor* schrieb von einem »hoffnungsvollen Nachwuchsfahrer David Weiß«.

In der Nacht träumte Seeger, er sei nach einer langen Abwesenheit wieder in die Werkstatt zurückgekehrt. Die Kollegen waren alle da, an ihren alten Plätzen. Ennemoser zeigte ihm im Hof die Maschine, die er sich auf den Bock stellen solle, der Kunde komme um zehn Uhr, bis dahin habe er ihm die Reparatur versprochen. Er schob sie herein, las den Reparaturzettel, Thaler half ihm beim Hinaufheben. Zwei leere Öldosen waren gleich zur Hand, die stellte er unter die Teleskopgabeln, ließ das alte Öl aus den Federbeinen. Er drehte sich herum zur Werkbank am Fenster, zu seinem Schraubstock, seiner Lade: Sein Werkzeug lag darin; er öffnete die Einfüllschrauben oben an den Telegabeln, stellte eine Ölwanne unters Getriebe, öffnete die Ablaßschraube, spannte die Kette, steckte seinen Kopf durchs Magazinfenster und verlangte von Fröschl ein Achtel Öl für die Gabel, und einen Viertelliter fürs Getriebe. Als er mit dem Meßbecher voll Öl zu der *Puch* auf seinem Bock ging, kam Sunkler in die Werkstatt, bei Seegers Platz blieb er stehen, dann sagte er zu Ennemoser, der bei Gschwandtner stand: »Sie kontrollieren dann alles hier.«

Da erwachte Seeger, rieb sich die Augen. Es war noch Nacht, durch die hellen Vorhänge schimmerte nur wenig Licht. Er knipste die Nachttischlampe an. Es glückte ihm nicht so recht, über den Traum zu lachen. Kam er denn über gewisse Dinge nie hinweg? Er erinnerte sich, wie er als frischgebackener Geselle, wenn er eine größere Reparatur hinter sich hatte, nachts schlecht schlief, wie ihn Unsicherheit befallen hatte, ob er alles richtig zusammengebaut und alle Schrauben festgezogen hatte, wie er, halb im Traum, alle Arbeitsgänge nochmals durchgegangen war.

Halb fünf. Er löschte das Licht und legte sich wieder hin. Er dachte daran, wie zu der Zeit, als er seine ersten Reparaturen selbständig ausführte, im dritten Lehrjahr, immer noch Resch, Thaler oder Edi seine Maschinen ausprobierten, und wie sehr ihn das gekränkt hatte. Edi sagte ihm, daß das immer so gewesen sei. Einmal habe ein Lehrling vergessen, die Hinterachsmuttern anzuziehen. Der Kunde sei losgefahren, und nach zweihundert Metern habe die Maschine zu schleudern begonnen, und der Mann sei in einen entgegenkommenden Traktor hineingeschlittert. Er hatte sich über mangelndes Vertrauen von seiten der Gesellen und des Meisters nie beklagen können. Schon im dritten Lehrjahr überließ Ennemoser ihm schwierige Motorreparaturen, und eines Tages hängte Thaler ihm den *Maico*-Beiwagenroller der *Fahrschule Schrey* an, bei dem regelmäßig alle paar Wochen der Seilzug am Schalthebel riß. Thaler pflegte zu sagen, dieses Fahrzeug sei für eine Fahrschule ungeeignet, der Seilzug sei eine Fehlkonstruktion. Um zu dem Seil zu gelangen, mußte man das halbe Fahrzeug auseinandernehmen, und dann bedurfte es noch akrobatischer Geschicklichkeit, um mit den Fingern zu der Schraube zu gelangen, die den Nippel am Gestänge festklemmte. Sogar Thaler hatte vor diesem Problem kapituliert.

Seeger sah sich in Ruhe die Übersetzung des Schalthebels an und fertigte einen neuen, stärkeren Seilzug an, der hielt dann auch, und Herr Schrey kam nur noch selten vorbeigefahren, er blieb dann kurz vor dem geöffneten Werkstattor stehen und rief, der Seilzug halte noch immer. Seeger hatte sich damals gewünscht, daß Herr Schrey davon dem Chef berichtete, denn es bedrückte ihn, daß Sunkler keine gute Meinung von ihm hatte. Das ging zurück bis zu seinem Onkel, der, bevor Seeger zur Lehre ging, eine *Puch 125* fuhr und sie schon nach tausendfünfhundert Kilometern kaputtgefahren hatte, das Pleuel war hin, er hatte den Motor zu sehr gequält, war im dritten und vierten Gang zu langsam gefahren, und Sunkler hatte sich das gemerkt, denn als er Seegers Lehrvertrag unterschrieb und den Namen von seinem Onkel las, fragte er, ob das jener Herr Seeger sei.

Wenn Seeger auch so umgehe mit Motoren, dann gäbe er einen schönen Mechaniker ab! Wie ehrgeizig Seeger damals war, wie er gehungert hatte nach Anerkennung, nach Lob für seine Arbeit.

Das war ja das einzige, was er hatte. Friedl hatte neben der Arbeit seine Mädchen. Er war ein geschickter Mechaniker, aber er hatte seinen Kopf auch woanders. Tagelang überlegte er sich, welches Hemd er sich kaufen sollte, er studierte die Auslagen der Herrenmodengeschäfte, welcher Pullover, welche Krawatte zu dieser oder jener Hose paßte. Resch, Gschwandtner, Thaler, Edi, Reisinger – sosehr sie mit der Werkstatt, mit ihrer Arbeit verwachsen waren, hatten sie doch noch ihre Familie, ihr Zuhause, die

Wirtshausabende, das Kegelschieben, Kartenspielen und die Kellnerinnen. David hatte sein Ziel vor sich: Rennfahrer zu werden. Vollkommene Arbeit wollte Seeger leisten, und ihm gefiel, was er von Lukas einmal gehört hatte: Die Mechaniker seien eine Art Mediziner, die Maschinen seien ihre Patienten. Sie hätten zwar keinen hippokratischen Eid zu leisten, aber sie nähmen ihre Arbeit mindestens ebenso ernst wie die Herren Ärzte. Vielleicht seien sie sogar gewissenhafter. Lukas hatte viel Erfahrung mit Doktoren, seine Frau kränkelte dauernd, er brachte sie von einem Arzt zum andern, und, wie er sagte, keiner bemühte sich ernsthaft, seiner Frau zu helfen, sie schrieben ein Rezept und schoben sie zur Tür hinaus.

Seeger drehte sich im Bett herum. Die Schulter spürte er kaum noch. Vor einem Monat hätte er versuchen sollen, sich im Bett zu drehen! Das Schöne in der Werkstatt war, daß es vier Jahreszeiten gab, daß das Jahr seinen Rhythmus hatte und daß man diesen Rhythmus bei der Arbeit spürte. Der Winter, die ruhige Zeit, Zeit der *Eigenen*, der Späße, auch der Langeweile, wenn es einmal gar nichts zu tun gab und sie den ganzen Tag vor einer *Eigenen* saßen. Das Frühjahr, wenn die Motorradfahrer nach dem ersten schönen Tag ihre Maschinen hervorholten und fahrbereit machten; die ersten sonnigen Wochenenden, wenn am Samstagvormittag wieder so richtig Betrieb in der Werkstatt war; dann der Sommer, wo sie vor lauter Arbeit nicht wußten, wo sie zuerst hinlangen sollten.

Im Sommer freuten sie sich auf den ruhigen Winter, im Winter verlangte es sie nach dem Sommerbetrieb. In Daytona spürte Seeger keinen Wechsel der Jahreszeiten, das einzige, was das Jahr auflockerte, waren die Termine der

Stock-Car-Rennen, aber auch diese liefen fast das ganze Jahr über, es gab keine tote Saison.

Was ihm jedesmal wieder auffiel, wenn er in die Werkstatt kam, war, daß er zu Thaler aufblickte, als sei er immer noch ein Lehrling und Thaler der Meister. Drüben gab es keine solche Hierarchie, auch die Anfänger waren nicht so unterwürfig und ängstlich, wie sie es als Lehrlinge gewesen waren. Alle nannten sich beim Vornamen, man ging am Sonntag mit dem Chef angeln oder zum Baseball.

Das alles wäre bei Sunkler undenkbar gewesen. Er setzte sich nur einmal im Jahr mit seinen Mechanikern zusammen an einen Tisch, bei der Weihnachtsfeier im *Rupertihof*. Dann saß er am Kopfende der Tafel und hielt Ansprachen, in denen jedes Jahr der Satz vorkam: »Der Kunde ist König!«, und wenn sie Sunkler auf der Straße begegneten, machten sie einen Bückling vor ihm; das war ihnen ins Blut geimpft.

Seeger mußte an Zehentmayer denken, der neulich Thaler gefragt hatte, ob er den Zylinder allein aufsetzen dürfe, er passe schon auf, und Thaler sagte: »Reiß mir ja keinen Kolbenring ab!« Seeger hatte Resch nie gefragt, als er seine ersten Zylinder aufsetzte, er verwendete dabei nicht einmal eine Manschette. Ab und zu riß ihm ein Kolbenring, es fielen Stücke davon ins Kurbelgehäuse, und er mußte sie mühsam mit einem eingefetteten Stück Draht wieder herausfischen, aber was spielte das schon für eine Rolle, so hatte er sich die nötige Fertigkeit erworben. Zehentmayer war viele Jahre oben im Geschäft tätig gewesen, in der Vogelweiderstraße. Im rückwärtigen Lagerraum machte er die fabrikneuen Motorräder fahrbereit, montierte die Kennzeichen, prüfte die Batterie, füllte Öl und Benzin ein.

Für die Mechaniker war Zehentmayer bloß ein Hilfsarbeiter, sie nahmen ihn nicht für voll; wenn er einmal mit einer neuen Maschine, bei der etwas nicht stimmte, in die Werkstatt herunterkam, dann foppten sie ihn, und Zehentmayer steckte alles ein, als gehörte sich das so. Aus dem Krieg war er mit nur einem Arm zurückgekommen, er hatte Frau und Kind und träumte davon, ein richtiger Mechaniker zu sein, ein vollwertiger Mensch. Nun arbeitete er schon ein paar Jahre in der Werkstatt, war da glücklich, obwohl sie ihm den niedrigsten Stundenlohn zahlten und kein Lehrbub sich von ihm was anschaffen ließ.

Früher hatte es zwischen den Gesellen fortwährend ein Gerangel um einen der drei Hocker gegeben, jetzt hatte jeder einen für sich allein. Zur Jausenzeit, um halb vier, blieben sie in der Werkstatt, aßen ihre Wurstsemmeln auf dem Hokker, überließen den Gefolgschaftsraum den Mechanikern aus der Autowerkstatt. Es regnete, als Seeger zur Werkstatt spazierte. Jöchl war in der Werkstatt, der Obusschaffner. Seine rote *250er SGS*, immer noch die alte, stand auf einem freien Bock, und Jöchl, in seiner Schaffner-Uniform, arbeitete daran. Schon seit Ennemoser nicht mehr in der Werkstatt war, führte Jöchl sich auf, als sei er hier zu Hause. Da er ein guter Bekannter von Resch war und Zigaretten austeilte, ließ Thaler ihn in Ruhe. Er hatte es sogar verstanden, sich mit Fröschl zu arrangieren, bot auch ihm Zigaretten an, sagte ihm ein paar freundliche Worte, die Fröschl von den Mechanikern nie zu hören bekam, und Fröschl verrechnete ihm nicht einmal das Öl oder die Schrauben, die er brauchte. Das Werkzeug nahm er einfach, wo er es fand, er nahm es den Gesellen vom Bock weg, während sie arbeiteten, und sagten sie was, bekamen sie von Jöchl eine freche Antwort. Seeger hatte nie verstanden, was Resch an ihm fand, ihm war Jöchl von Anfang an verhaßt, für ihn war er ein Schnorrer, der sich auf Kosten der Werkstatt seine Maschine instand hielt. Jöchl schien nicht überrascht zu sein, ihn zu sehen. Seeger brummte einen Gruß, und Jöchl grinste ihn hämisch an. Seeger setzte sich zu Thaler an den Bock und aß seinen Leberkäs, den er sich unterwegs gekauft hatte und der nur noch lauwarm war. Er fragte Thaler, ob er Lust habe, am Samstag in den *Rupertihof* zu kommen, er gebe eine kleine Abschiedsparty. Edi sei dabei, und wer sonst noch erreichbar sei von den alten Kollegen. Er überwand sich und fragte Jöchl, ob er wisse, wie man Resch erreichen könne. Da sagte Thaler, er habe Resch gerade heute in seinem *Fiat* vorbeifahren sehen, er habe ihm zugehupt. Soviel er wisse, sei er noch immer in der Postwerkstatt tätig, in Parsch. – Woanders hätten sie ihn auch schon längst gefeuert, sagte Jöchl. Er sei andauernd betrunken, an Montagen sei mit ihm überhaupt nichts anzufangen, und am schlimmsten sei es, wenn er nur so halb angesäuselt sei. Dann verlasse er oft, ohne daß er es selber richtig merke, den Arbeitsplatz und setze sich ins Gasthaus *Eder*, bis der Werkmeister einen Lehrling ausschicke, um ihn zu suchen und zurückzubringen. Wenn er so weitermache, dann fliege er sicher hinaus, obwohl er fix angestellt sei. »Komm, hilf mir beim Aufsetzen«, rief Jöchl, und Seeger drehte sich auf seinem Hocker herum und hielt ihm das Pleuel mit den Kolben. »Gibst gar keine Dichtung hinauf?« fragte er, und Jöchl fluchte, legte den Zylinder wieder aus der Hand und ging zum Magazin, eine Zylinderdichtung holen. »Solltest Resch einmal sehen!« sagte er dann, als der Zylinder auf dem Gehäuse saß und er die Muttern festzog. Seit einem Jahr fehlten ihm vorne im Oberkiefer zwei Zähne, die habe er sich ausgeschlagen, als er irgendwo die Treppe hinuntergefallen sei. »Und glaubst du, der ginge zum Zahnarzt?« Die Sieglinde, seine Frau, bettle förmlich, er solle endlich zum Zahnarzt gehen, aber er gehe einfach nicht. Völlig verkommen sehe er aus. Blau angelaufene Nase, geschwollene Augen, zitternde Hände. Mit Resch sei nicht mehr viel los. Jedesmal, wenn er die Sieglinde treffe, jammere die ihm was vor, was sie mit ihrem Mann ausstehe, das Wirtschaftsgeld müsse sie ihm jeden Freitag entreißen, er esse kaum was, ernähre sich hauptsächlich vom Bier. Als Seeger sich wieder herumdrehte zu Thaler, fiel ihm ein, wie Jöchl immer, nachdem er an seiner *Puch* gearbeitet hatte, diese schon in der Werkstatt angestartet und die ganze Bude mit den Auspuffgasen seiner Maschine vernebelt hatte.

Keiner außer Seeger hatte sich darüber aufgeregt, und wenn er zu Jöchl sagte, er solle seine Karre doch draußen anstarten, dann erwiderte der: »Halt's Maul!« In solchen Dingen waren alle gleichgültig; sie zapften auch immer wieder das Benzin mit dem Mund vom Schlauch ab, wenn sie einen Tank entleerten, sogen daran, bis das Benzin kam, lenkten dann den Schlauch in ein Gefäß, und immer kriegten sie einen Fingerhut voll in den Mund. Seegers Abneigung gegenüber Jöchl wurde schwächer, beinahe tat er ihm jetzt leid mit seinem schmalen Mausgesicht und dem kümmerlichen Schnurrbart, und er sagte noch einmal zu ihm, wenn er Resch treffe, solle er ihm sagen, daß er am Samstag eingeladen sei. Er würde sich freuen, Resch noch einmal zu sehen, wer weiß, ob er noch einmal aus Amerika herüberkomme.

Thaler lachte, »Ich hab geglaubt, du machst es wie Hauser, kommst nach zwanzig Jahren zurück und kaufst hier alles auf«, aber Seeger schüttelte den Kopf und sagte, er würde nie ein reicher Mann sein. Edi kam von einer langen Probefahrt zurück, rieb sich die Hände, schlug Seeger auf die Schulter und sagte zu Thaler, er habe die *DKW* auf der Autobahn gejagt, fünfzehn Minuten lang Vollgas, und keine Anzeichen eines Kolbenklemmers. Der Kunde habe wohl nur ein schlechtes Treibstoffgemisch getankt gehabt. Er schlüpfte aus dem Mantel, zog sich den Schal vom Hals und trug die Sachen in seinen Spind, stellte sich dann an die Heizungsrohre. Seeger hielt ihm die halbvolle Bierflasche hin. »Du kommst doch am Samstag in den *Rupertihof*?« »Das kommt dir teuer«, sagte Jöchl, »der sauft fürchterlich, wenn's nichts kostet!« Seeger fiel die erste Weihnachtsfeier ein, die er im *Rupertihof* erlebt hatte. Thaler, damals noch unverheiratet, hatte sich so vollaufen lassen, daß er in der Toilette zusammensackte und hinausgeschleppt werden mußte. Er schnarchte dann mit dem Kopf auf der Tischplatte, und später setzte er sich trotz aller Warnungen auf seine Maschine und fuhr in Schlangenlinien nach Hause. Auch Ennemoser trank bei solchen Gelegenheiten unmäßig, wobei er dann zu vorgerückter Stunde über den Tisch weg dem Chef alles sagte, was sich in ihm aufgestaut hatte. Dann trat er auch für seine Leute ein und fragte, wie sich Sunkler das vorstelle, wie lange solle Gschwandtner noch für einen Stundenlohn von sieben Schilling arbeiten? »Da verlieren wir den Gerhard!«, und Gschwandtner, am anderen Ende des Tisches, wurde dann rot, ihm war das peinlich; in der Werkstatt jammerte er zwar von Zeit zu Zeit, daß er bei dieser Bezahlung nicht bleiben könne, niemals aber hätte er sich getraut, dem Chef etwas zu sagen. »Hat Gschwandtner eigentlich seine Hanni geheiratet?« fragte Seeger, er stand neben Edi an den warmen Heizungsrohren, aber Edi wußte nichts über Gschwandtner, außer, daß er in einem Landmaschinen-Reparaturwerk in Vigaun arbeite. Edi bot ihm eine Zigarette an, obwohl er wußte, daß er nicht rauchte. »Ach ja, der Herr Rennfahrer«, sagte er und warf das Päckchen Leo zu. Wie er eigentlich dazu gekommen sei, *Stock-Car*-Rennen zu fahren. Seeger schilderte, wie er einmal, vor ein paar Jahren, in *Talladega,* um den Motor abzustimmen, mit Virgils *Dodge* ein paar Runden gefahren sei. Nicht einmal im Traum habe er daran gedacht, selbst Rennen zu fahren. Aber die Sache habe ihm gefallen: »Du steigst beim Fenster ein, die Türen sind verschweißt, die Motoren haben dreihundert und mehr PS, das Getriebe ist groß übersetzt, langsam kannst du überhaupt nicht fahren mit so einem Geschoß, die Strecken sind so angelegt, daß du praktisch immer das Vollgas stehen lassen kannst.

Auf jeder Felge sind zwei Reifen montiert. Wenn der äußere platzt, kannst du auf dem inneren den Wagen noch anhalten. Auch die Sitze sind am Chassis angeschweißt, Schultergurte selbstverständlich, Sicherheitstanks. In *Daytona* und *Darlington* fahren sie einen Schnitt von hundertsiebzig bis hundertachtzig Meilen, das sind zirka zweihundertsiebzig Stundenkilometer.«

Man könne bei einem Rennen wie in *Daytona,* das zwei bis drei Tage dauere, zehn- bis zwanzigtausend Dollar an Gewinnen einstecken. Fahrer wie Petty oder Yarborough kassierten ohne weiteres soviel. Aber sie hätten auch einen riesigen Aufwand. Eine komplette Werkstatt mit fünf oder sechs Mechanikern und Helfern hätten die dabei. Als Amateur habe man da so gut wie keine Chance. Und nach dem Rennen sollten sie die Fahrer sehen: Da führten die Burschen sich auf, als wollten sie das gewonnene und schwer verdiente Geld auf einen Schlag wieder loswerden. Da würden Runden von Whiskys geschmissen, da werde gepokert … Als Virgil, sein Kollege, den er jahrelang als Mechaniker betreut hatte, die Fahrerei aufgab und der Wagen in der Werkstatt herumstand, habe er sich gedacht: Warum probierst du es nicht einmal? »Was dabei herausgekommen ist, sieht man ja!« *Darlington* kam ihm in den Sinn, der Abend vor dem Rennen, Bigwood war mitgekommen. Seeger hatte an dem Tag gute Trainingszeiten gefahren. Sie saßen in der Kantine der Rennbahn, Mike Lhotsky kam vorbei, klopfte Seeger auf die Schulter: »Glänzend, glänzend!«, und obwohl Seeger wußte, daß die Burschen sich andauernd auf die Schulter klopften, und dann bekämpften sie sich auf der Bahn mit allen erlaubten und unerlaubten Mitteln, freute sich Seeger über diese Geste von Mike, weil Bigwood dabei war, und weil er merkte, daß die anderen Fahrer ihn ernst zu nehmen begannen.

So wie er sich einen Sommer lang mit der *Royal Enfield* beschäftigt, in seinen freien Stunden nichts anderes beachtet hatte, so schwang er sich zwei Jahre später, als er auf langfristige Abzahlung von Sunkler eine gebrauchte *500er BSA* kaufte, jeden Abend in den Sattel und fuhr bis zum Dunkelwerden durch die Gegend. Meist hatte er kein Geld für Benzin, dann ging er abends nach Dienstschluß in der Werkstatt mit einer leeren Öldose von Maschine zu Maschine, ließ überall ein wenig Benzin ab, bis die Dose voll war. Zu Hause schlang er das Essen hinunter, hörte kaum, was am

Tisch geredet wurde, und wenn er den letzten Bissen gegessen hatte, langte er nach dem Überrock und lief in den Hof. Nachbarskinder saßen oft auf seiner Maschine, er verscheuchte sie, denn sie hielten seine Maschine für eine Schaukel, wippten darauf herum und ruinierten ihm den Ständer.

Er bevorzugte die weniger stark befahrenen Landstraßen. Immer sprang der Motor nach dem ersten oder zweiten Antritt an. Er saß auf und verspürte, sobald er losdonnerte, ein Hochgefühl, als sei er in ein anderes Sein versetzt. Wenn der Motor warmgelaufen war, verlangte er ihm alles ab. Meistens jagte er die *BSA* den Gaisberg hinauf, er versuchte, nahe an den Streckenrekord des *Bergrennens* heranzukommen, schaffte aber nie bessere Zeiten als sechseinhalb Minuten, während Gunzenhauser mit der *250er Puch* den Streckenrekord mit fünf Minuten, vierzig Sekunden hielt. Aber die *BSA* war eine alte Tourenmaschine, das Getriebe war nicht für den Berg übersetzt. Ab und zu fuhr er nach Oberndorf, weil er die kurvenreiche Landstraße dorthin liebte. Oft überraschte ihn der Regen, dann kam er völlig durchnäßt zu Hause an. An Sonntagen traf er sich ab und zu mit David, sie machten zu zweit die Straßen unsicher. Die spritzige *125er Sport-Puch* war dem schwerfälligen Viertakter immer überlegen. Hatte er einmal Wut im Bauch, so setzte er sich auf seine Maschine, riß das Gas auf und fuhr los. Nach solchen Ausfahrten kam er erschöpft, aber befriedigt zurück. Im Winter liebte er es, sich Straßen und Wege auszusuchen, die mit Glatteis überzogen waren. Dann forderte er sich selbst zu einer Mutprobe heraus, rutschte mit der Maschine auf der glatten Fahrbahn herum, stellte sich quer, schlitterte, zwang sich dazu, sich nicht mit den Füßen abzustützen. Dann kam die Zeit, da er ein- oder zweimal die Woche nach Straßwalchen fuhr, zum Lechnerbauern, mit dem sie entfernt verwandt waren. Nachdem er einmal hingefahren war, um den Räucherspeck zu holen, den der Bauer ihnen alljährlich zudachte, und er außerdem dreißig Eier unbeschädigt nach Hause gebracht hatte, schickte ihn Tante Erna öfter nach Straßwalchen. Ihm gefiel die Strecke, und es war ihm nur recht, wenn seine Fahrten auch noch einen nützlichen Zweck erfüllten. Wenn er abends von der Arbeit heimkam, dann fragte er: »Brauchen wir was vom Lechner?« Denn für diese Fahrten konnte er Benzingeld verlangen. Wenn seine *BSA* ansprang und tukkerte, dann sagten Leute in der Nachbarschaft, die aus dem Fenster schauten: »Jetzt fährt er wieder, der Spinner!« Kinder rannten hinter ihm her bis auf die Straße hinaus. Durch die Stadt fuhr er gemächlich, ließ den Motor warm werden. Dann, am Stadtrand, vor der Autobahn-Unterführung, ließ er sie im dritten Gang hochjubeln, bis die Ventile zu flattern begannen, und preßte den Vierten hinein.

Das Auspuffdröhnen zog sich wie ein langes Band hinter ihm her, doch bald hörte er es nicht mehr, nur noch das Singen des Windes, den sein Kopf zerteilte. Hinauf und hinab die hügelige Landschaft, das liebte er, und häufig hatte er die ganze Straße, so weit er vorausschauen konnte, für sich allein. Bei Bodenunebenheiten, wenn das Hinterrad, das nur mit einer Federnabe gefedert war, vom Asphalt aufschnellte, überdrehte sich der Motor beinahe, und wenn dann das Rad wieder Bodenberührung bekam, gab es einen Ruck, und dieser Ruck fuhr ihm ins Kreuz bis hinauf ins Genick. Nur im Bereich der Ortschaften nahm er das Gas zurück, in diesen Ortschaften, wo es mehr Wirtshäuser als andere Häuser gab. Sein Kopf war vom Wind durchblasen, seine Ohren taub. Vor der Ortseinfahrt in Straßwalchen bog er ab, den Feldweg hinauf zum Gehöft, und wenn er in den Vierkanthof einfuhr, sprang Cora, die Schäferhündin, bellend und schwanzwedelnd um ihn herum. Auch Lienhuber war in dieser Gegend zu Hause. Lienhuber, der ihm noch immer zweihundert Schilling schuldete. Mit einer nagelneuen *NSU Max* kam er als Lehrling in die Werkstatt gefahren. Sein Vater besaß einen Großgasthof und einen Bauernhof. Lienhuber hielt es in der Lehre nicht lang aus, vielleicht zwei Monate, dann kam er einfach nicht mehr, und Seeger war so dumm gewesen, ihm was zu leihen. Einmal, als Seeger dringend Geld brauchte, fuhr er an einem Sonntag nach Oberhofen. Es war im März. Der Weg bog im Ort, hinter der Kirche ab, eine Anhöhe hinauf, dann kam ein Hohlweg im Wald, an einigen schattigen Stellen lag noch Schnee und Eis. Seeger hatte Mühe, da hinaufzukommen. Eine Gruppe von Bauern tauchte vor ihm auf, sie drehten sich um, machten Platz, man sah, daß sie von der Kirche heimgingen. Seeger überholte sie, blieb dann stehen, wartete, bis sie ihn erreicht hatten, und fragte sie nach dem Gasthof.

Sie erklärten ihm, er müsse oben auf der Kuppe rechts abbiegen, dann sehe er den Hof vor sich. Er fuhr den Weg weiter hinauf, bog dann, als er aus dem Wald herauskam, ab, die Sonne schien ihm ins Gesicht, und er sah den Gasthof vor sich. Im Schankraum war kein einziger Gast.

Der Hans sei im Ort drunten, sagte seine Mutter, er müsse aber bald kommen. Sein jüngerer Bruder machte sich an Seeger heran, fläzte sich neben ihn auf die Bank und fragte Seeger nach Tanzlokalen in der Stadt aus, nach neuen Filmen, die zur Zeit liefen, und Seeger hatte Mühe, sich nicht anmerken zu lassen, daß er davon keine Ahnung hatte. Endlich kam Lienhuber, er lachte Seeger frech ins Gesicht, winkte ihn hinaus in den Gang, sagte gleich, falls Seeger wegen der zweihundert Schilling gekommen sei – er habe momentan überhaupt kein Geld, aber in einem Monat verkaufe er eines seiner Kälber, dann bringe er ihm das Geld in die Werkstatt. Übrigens wisse er einen Käufer für seine *BSA*. Aber Seeger hatte genug, merkte, daß er umsonst hergekommen war, trat seine Maschine an und preschte auf dem Wiesenweg dahin, daß der Dreck nur so wegspritzte. Im Hohlweg geriet er ins Rutschen, konnte das Gleichgewicht nicht mehr finden und schlitterte zehn Meter dahin, den Weg hinunter, die Maschine halb auf ihm. Der Fußraster war auf der linken Seite hochgebogen, der Tank hatte eine Beule. Er saß wieder auf und fuhr mit zusammengebissenen Zähnen weiter, und obwohl immer noch eisige Stellen kamen, fuhr er auf Teufel komm raus da hinunter. Auf der Landstraße, bei Henndorf, spürte er Nässe an seinem linken Bein, seine Hose troff von Benzin. Er blieb stehen, bemerkte ein Leck am Tank, fuhr daraufhin, was er konnte, und als er zu Hause ankam, roch er wie ein Benzinfaß.

Wenn er jetzt daran dachte, wie riskant er damals gefahren war, mußte er den Kopf schütteln. Einmal bekamen sie in der Werkstatt eine übel zugerichtete Maschine zu Gesicht, dieser Anblick versetzte ihm einen Schock.

An einem Montagvormittag lud ein Abschleppwagen der Feuerwehr die Reste einer *650er BMW* vor der Werkstatt ab. Am Samstag zuvor hatte ein junger Bursche sie abgeholt, nachdem Thaler einen neuen 24-Liter-Sporttank montiert hatte. Alle hätten sie gerne diese schnelle Maschine ausprobiert. Ein paar Tage später kam der Bruder des Verunglückten und erzählte von dem Unfall, wie sein Bruder frontal mit einem Autobus zusammengestoßen sei, auf der Straße nach Anthering. Der Autobus sehe aus, als sei er an eine Lokomotive geraten. Man habe die *BMW* mit Schweißbrenner und Brechstangen aus dem Frontteil des Busses herauslösen müssen. An diesem Tag waren alle sehr still, und obwohl einer sagte, der habe nicht fahren können, ein Anfänger solle keine so schwere Maschine fahren und so weiter, steckte ihnen allen der Schrecken in den Gliedern. Die Reste des eingedrückten Scheinwerfers waren voll getrockneten Bluts, und alle waren froh, als Ennemoser das Wrack wegkarren ließ, hinüber zum Altmetallhändler.

Wenn er Edi in den Schweißraum folgte, dann, sobald es anfing zu qualmen, kehrtmachte, ein paar Minuten in der Drehwerkstatt verweilte, durch die lange Fensterreihe hinausschaute auf die Betonmauer, dann drückte er manchmal den roten Knopf und setzte die Spindel in Gang. Sie rumpelte los, ihr mahlendes Geräusch war ihm vertraut, sofort dachte er dann an die Zeit, als er an seinem Gesellenstück gearbeitet hatte. Prähauser, der Dreher, war damals nicht mehr in der Werkstatt, jeder Geselle stellte sich selbst an die Drehbank, wenn er eine Bronzebüchse auszudrehen oder ein Gewinde nachzuschneiden hatte, und da sie keine gelernten Dreher waren, standen sie oft am Schleifstein und schliffen das beschädigte Drehmesser. Seeger gefiel der sanft rumorende Laut, wenn sie lief, und er hatte den bedächtigen Prähauser gemocht, der immer zur Arbeit seine Brille aufsetzte und dann aussah wie ein Gelehrter, wenn er sich mit der Schiebelehre über die Spindel beugte. Als Lehrling hatte Seeger abends manchmal das Getriebe in Gang gesetzt und den Längsschlitten mit der Kurbel bewegt, aber nie hatte er sich getraut, einen Bolzen einzuspannen und mit dem Drehmesser hinzufahren, er befürchtete, die feine Spitze zu beschädigen. Als Prähauser wegging, übernahm Ennemoser die Aufsicht über die Drehbank, aber jeder konnte sie jetzt benutzen, und sie glänzte nicht mehr so sauber wie früher. Nach drei Lehrjahren mußten sich Seeger, David und Friedl über die Gesellenprüfung und das Gesellenstück Gedanken machen. Sie hatten öfter ihre Gesellen von ihren Prüfungen erzählen hören, von der Arbeit am Gesellenstück, das häufig Prähauser angefertigt hatte, weil keiner der Lehrlinge drehen gelernt hatte. Seeger machte alle möglichen Pläne für sein Gesellenstück, verwarf sie wieder, weil sie entweder nicht durchführbar oder zu einfach waren.

Schließlich folgte er dem Rat von Resch und wählte einen Abzieher, ein quadratisches Prisma mit abgerundeten, geschrägten Enden und drei Löchern für die Bolzen, wobei das mittlere Loch ein Gewinde erhielt für den Abziehbolzen. Der Abzieher verlangte hauptsächlich Feilarbeit. Das Schwierigste daran waren die beiden Rundungen, die Abschrägungen, die Gewinde, die genau passen mußten, kein Spiel haben durften, und die Sechskantköpfe der drei Bolzen. Seeger fertigte eine Zeichnung von dem Abzieher an, brachte sie zum Innungsmeister. Der änderte einige Maße, zeichnete das Blatt ab und sagte, es sei gut. Friedl hatte eine Schraubzwinge gewählt, David ebenfalls einen Abzieher. In den Wochen vor der Prüfung durften sie täglich einige Stunden ihrem Gesellenstück widmen.

Ennemoser half ihnen auf der Drehbank, und er nahm ihnen auch manchmal die Feile aus der Hand, wenn sie sie falsch hielten, zeigte ihnen, wie es gemacht wurde. Seeger hatte sich beim Alteisenhändler ein Stück Eisen geholt, aus dem er das Mittelstück seines Abziehers fertigen konnte, sowie ein Stück Rundeisen für die Bolzen. Zuerst sägte er das Hauptstück im Groben zurecht, und Ennemoser brachte es ihm auf der Drehbank ungefähr auf das vorgeschriebene Maß. Dann begann die Arbeit am Schraubstock, mit der Feile. Wochenlang feilte er, bekam Schwielen an den Händen, immer mußte er darauf achten, nirgends zuviel wegzunehmen, denn dann hätte er das Stück wegwerfen und von neuem beginnen müssen. Es folgten die Bohrungen, das Gewindeschneiden. Das Gewinde wurde auf der Drehbank geschnitten. Hundertmal am Tag nahm er die Schiebelehre und den Mikrometer zur Hand und maß, und dann feilte er wieder oder schliff mit Sandpapier auf der Schleifplatte. Zum Schluß polierte er alle Flächen mit feinstem Glaspapier. Seeger packte der Ehrgeiz, sein Stück maßgerecht und vollkommen zu machen. Als Mechaniker hatte er oft die Tätigkeit der Maschinenschlosser wenig geachtet, nun begriff er, daß sie die eigentlichen schöpferischen Handwerker waren, sie selbst nur Monteure, Ersatzteil-Auswechsler. Am meisten plagte sich David, bis sich Ennemoser seiner erbarmte und ihm sein Gesellenstück fertigmachte. Friedl kam oft zu Seeger schauen und fragte, wie es ihm gehe. Seeger sagte dann, schlecht, dort und da habe er verfeilt, um Friedl in Sicherheit zu wiegen, auch Friedl jammerte, dabei hatten beide den Ehrgeiz, das schönste Stück herzustellen.

In saubere Lappen eingehüllt, verbargen sie am Abend ihre fertigen Teile im Spind.

Der gefürchtete Tag kam. Am Vormittag wurde Theorie geprüft. Rechnen, technisches Zeichnen, Materialkunde. Dann mußten sie ihre Gesellenstücke abliefern, in der Lehrwerkstatt ein Stück Eisen bearbeiten, feilen, bohren, sägen. Endlich wurden sie entlassen und mußten sich ein paar Stunden lang gedulden, bis die Ergebnisse verlautbart wurden.

Alle drei waren sie unruhig. Sie hatten die zum Teil imponierenden Stücke anderer Kandidaten gesehen, sie hatten im theoretischen Teil nicht allzusehr geglänzt – aber schließlich erhielten sie alle drei das Zeugnis mit der Note *befriedigend* und waren erlöst. Sie liefen in die Werkstatt, ließen sich von den Gesellen gratulieren, gingen dann zum Krämer, eine Kiste Bier holen, später eine zweite. Die Sauferei dauerte bis zehn Uhr, dann war alles Bier ausgetrunken. Sogar David hatte wacker mitgehalten, zeigte als erster die Anzeichen von Trunkenheit, machte graziös wirkende Handbewegungen und lachte kindisch. Um zehn ließen sie alles stehen und liegen und zogen weiter zum Gasthof *Wegscheid*, bis sie dort die Kellnerin zur Sperrstunde hinausdrängte. Am nächsten Tag räumten sie die Bierflaschen weg, alle waren verkatert, und auf einmal waren sie keine Lehrlinge mehr, sondern Gesellen, wenn sich auch nichts änderte, außer, daß sie jetzt einen höheren Lohn erhielten. Einen eigenen Bock bekam keiner, weil keiner frei war, sie arbeiteten wie bisher im Hof, vor der Tür, bei Regen drinnen auf dem Werkstattboden. Sie begannen den neuen Lehrlingen, Tobisch und Rehrl, anzuschaffen, ließen sich von denen Gehäuseteile im Bottich putzen, wenn sie nicht gerade für einen älteren Gesellen arbeiteten.

Zu dieser Zeit begann das Motorradgeschäft schon nachzulassen, es ging nie mehr so turbulent zu in der Werkstatt. Gschwandtner verließ sie dann als erster, dann auch Friedl. Thaler bereitete sich auf die Meisterprüfung vor, Ennemoser ging zu Luksch, und immer mehr Verantwortung ruhte jetzt auf ihnen, den jungen Gesellen, und Kunden, die früher ein Gesicht gezogen hatten, wenn sie sahen, daß der Meister sie an ihrem Motorrad den Service machen ließ, fanden es jetzt in Ordnung, daß sie den Motor ihrer Maschine auseinandernahmen.

Sah er eine Frau auf einem Motorroller fahren, mußte er daran denken, wie damals, als in seinem zweiten oder dritten Lehrjahr die ersten *Puchroller* auf dem Markt erschienen, erstmals auch Damenkundschaft in die Werkstatt kam, zuerst zum Service, zu den vorgeschriebenen Intervallen, oder wegen geringfügiger Reparaturen. Das war etwas völlig Neues, daß plötzlich Frauen in die Werkstatt kamen. Zuerst machte es den Mechanikern großes Vergnügen; jeder riß sich darum, den Roller einer Frau auf seinen Bock zu bekommen.

Nach einem Jahr war dieser Reiz verflogen. Die Werkstatt betraten diese Frauen meistens nur, wenn sie beim Bezahlen zum Magazinfenster vor mußten, sie fühlten sich drinnen nicht wohl, weil alle Gesellen und Lehrlinge sie anstarrten.

Friedl entwickelte sich zum Spezialisten bei den Damen. Er konnte mit ihnen am besten umgehen, er lockte ihnen das meiste Trinkgeld heraus. Er war eben ein Maulheld, und Frauen, so dachte Seeger, bevorzugen eher einen solchen als einen richtigen Mann wie Thaler oder Gunzenhauser.

Eine Zeitlang trank Friedl ziemlich viel, unter seiner

Werkbank standen die leeren Bierflaschen, und manchmal, wenn Sunkler in die Werkstatt kam, mußte Friedl sich zusammenreißen, daß der Chef nichts merkte. Überhaupt kam mit den Rollern ein anderes Publikum in die Werkstatt. Büromenschen, die früher mit dem Rad gefahren waren, Vertreter, die sich ihre Hosen beim Motorradfahren nicht mehr beschmutzen wollten, Stenze, mit ihren Mädchen auf dem Sozius, und je mehr solche Leute bei der Werkstatt vorfuhren, desto geringer wurde die Zahl der echten Motorradfahrer, wie es sie Anfang der fünfziger Jahre noch gegeben hatte.

Im dritten Lehrjahr verrichtete er seinen ersten Pfusch. Er hockte im Freien draußen vor einer Maschine, die abgesoffen war; der Kunde hatte sie verärgert zur Werkstatt geschoben. Seeger öffnete die Ablaßschraube am Kurbelgehäuse, ließ den Saft ablaufen. Da bemerkte er, daß ein mickriger Mann neben ihm stand, anscheinend etwas von ihm wollte, er sah aus wie ein Bauarbeiter. Ob Seeger ihm privat die Starterfeder an seiner *125er Puch* austauschen könne. Den Motor habe er selbst schon ausgebaut und teilweise zerlegt. Seeger hatte schon lang auf eine solche Gelegenheit gewartet. Als Mechaniker wurde man von den Kollegen erst für voll genommen, wenn man pfuschte.

Die Arbeit sollte noch am selben Abend geschehen. Er hatte schon einige Male unter Aufsicht von Resch die Starterfeder einer *125er* ausgewechselt. Man mußte dazu den Motor auseinandernehmen. Es reizte ihn, sich selbst zu beweisen, daß er es auch allein schaffte. Er verabredete sich mit dem Kunden für sechs Uhr. Abends packte er heimlich das nötige Werkzeug in seine Tasche, besorgte sich von Fröschl die Starterfeder sowie sämtliche Dichtungen, traf den Mann draußen an der Kreuzung und radelte hinter ihm drein, nach Maxglan. Als sie bei dem Häuschen vorfuhren, stoben Hühner auseinander, denen eine dicke Frau gerade Körner vorstreute. Sie gingen gleich in den Schuppen. Auf einer Hobelbank lag der Motor, ungeputzt, und Seeger begann ihn zu zerlegen. Der Mann stand dabei und rauchte eine Zigarette, schließlich sagte er, er hole ein Bier. Seeger hörte drüben im Haus einen heftigen Wortwechsel, und als er wiederkam, gab Seeger ihm die Gehäuseteile zum Putzen. Er tat einen Schluck aus der Bierflasche, dachte, eine Jause könnte der auch bringen (die Gesellen hatten immer erzählt, was die Leute da auftischten, wenn sie pfuschten), aber er hätte sich doch nicht richtig Zeit genommen zum Essen. Als er vom linken Gehäuse die alte Dichtung abgekratzt, die Lager eingefettet und die Getriebeteile samt der neuen Starterfeder wieder eingebaut hatte, preßte er die Kurbelwelle hinein, bestrich die Paßflächen mit Fett, drückte die zweite Gehäusehälfte hinauf, schraubte den Block zusammen, gab den Zylinder hinauf und trug den Motorblock zum Fahrgestell. Er ließ den Kunden den Tank hochheben, setzte den Motorblock in seine Verankerungen, schob die Bolzen hinein, verschraubte sie. Als er fertig war, um halb zehn, war es draußen völlig dunkel. Er war jetzt aufgeregt, ob die *Puch* sofort anspringe, bockte sie vor dem Schuppen auf, wischte sich die Hände sauber und trat den Starter. Nach dem dritten Mal sprang der Motor an. Rauchschwaden kamen stoßweise aus dem Auspuff, bis der Motor sich saubergelaufen hatte. Er kippte die Maschine vom Ständer, schwang sich in den Sattel, drehte das Licht an und fuhr den Weg hinauf bis zur Hauptstraße, ließ den Motor auf Touren kommen, fuhr hundert Meter die Straße hinunter, kehrte um, fuhr zurück, stellte die Maschine vor dem Haus ab. Der Motor dampfte, im Scheinwerferlicht tummelte sich sogleich ein Schwarm von Mücken. Seeger suchte sein Werkzeug zusammen und verstaute es in der Tasche.

Der Mann fragte, was er zu bezahlen habe, Seeger nannte den Preis und fügte hinzu, in der Werkstatt koste es das Doppelte. Der Mann ging ins Haus hinüber, Seeger hörte die Frau schreien, es war ihm peinlich, er ging vor dem Schuppen auf und ab; schließlich kam der Mann aus dem Haus und zählte ihm die hundert Schilling in kleinen Scheinen und in Münzen in die Hand.

Vier Jahre lang hatte David den wilden Mann auf dem Motorrad gespielt, hatte sich als Rennfahrer gefühlt; aber im Jahr davor, als er mit der *Ex-Gunzenhauser-Puch* sein erstes Rennen fuhr, hatte er nicht so recht überzeugen können, und die Mechaniker in der Werkstatt hatten gewitzelt: Im Werkstatthof und in der Vogelweiderstraße die Auspuffröhren blau fahren, das könne er, aber zu einem Rennfahrer gehöre mehr ... Mit der *AJS* glaubte David nun mitmischen zu können. Er kannte jeden Meter des Autobahn-Rundkurses, mit seiner Privatmaschine war er jahrelang die Strecke abgefahren, bis er den Benzinhahn auf Reserve drehen mußte.

Was hatten sie sich für jenen Sommer des Jahres 1957 nicht alles vorgenommen! Am Trainingstag zum Autobahnrennen fuhren sie schon in der Früh hinaus zur Strecke. Seeger schleppte David am Seil hinter sich her, den Werkzeugkasten vor sich auf dem Tank; David hatte einen Rucksack umgehängt. Sie waren unter den ersten, die sich im Fahrerlager einrichteten.

David, der unter seiner Lederkombination nichts anhatte als seine Unterwäsche, fror, sie hüpften am Stand herum, wärmten sich auf, warteten, bis das Training eröffnet wurde. David brannte darauf, die ersten Runden zu drehen, er war noch nie rennmäßig auf der *AJS* gefahren. Das Fahrerlager füllte sich mit Kombiwagen, Anhängern; Zelte wurden aufgestellt, Rennmaschinen ausgeladen, Motoren begannen zu dröhnen. Zaungäste wanderten von einer Maschine zur anderen. Um neun Uhr wurde die Strecke für das Training der *125er* freigegeben. Wie Hornissen summten die Achtelitermaschinen, meist Zweitakter, um den Kurs.

David war schon nicht mehr ansprechbar. Dann war es endlich soweit, der Lautsprecher rief die *350er* auf. Seeger ging mit David, der die *AJS* schob, bis zur Schranke, klopfte ihm auf die Schulter und ließ ihn ziehen. Gleich darauf donnerte der ganze Pulk von Fahrern nach Klesheim hinunter, und nach fünfzig Sekunden hörte man sie auf der Gegengeraden wieder heraufkommen, sie schossen aus der Unterführung, nahmen das Gas weg, richteten sich auf, bremsten, schalteten zurück, nahmen die Haarnadelkurve, rissen das Gas wieder auf, duckten sich in die Rechtskurve und jagten die Gerade hinauf zur Salzachbrücke. Endlich kam auch David, er fuhr mitten in einem Rudel, in der Rechtskurve vor der Haarnadelkurve bremste er zwei seiner Rivalen aus. Seeger lief hinüber auf die andere Seite, wartete, bis sie die Gegengerade wieder herunterkamen, und als sie andonnerten, hatte David sich die Führung in dem Pulk von sechs oder sieben Fahrern erobert, mit fünf Metern Vorsprung kam er zu Start und Ziel und schoß nach Klesheim hinunter. Nach zwanzig Minuten kam er ins Fahrerlager, Seeger mußte die Vergasereinstellung ändern, die Sonne war hervorgekommen. Nun waren sie umringt von Neugierigen.

Luksch kam vorbei und gab David Ratschläge, Resch war plötzlich da, Edi in seinem Steireranzug, sie nahmen David ernst, keiner machte Späße oder stichelte, sie freuten sich, daß wieder ein Fahrer aus ihrer Werkstatt mit dabei war. Nach dem Training der Beiwagenmaschinen fuhr David noch einmal hinaus, kam nach einer Runde wieder, bat um eine größere Übersetzung, fuhr dann einige sehr schnelle Runden und kam erst wieder herein, als die Fahrer abgewunken wurden. David vermutete, daß an der Spur der Räder etwas nicht stimme, und so ließ er sich von Seeger zur Werkstatt schleppen, wo dieser die Spur prüfte. Um eins waren sie schon wieder im Fahrerlager. Überall hielten die Fahrer und Mechaniker Mittagsrast, saßen in ihren Wohnwagen oder Zelten, Frauen kochten auf Spirituskochern das Essen. Seeger ging zu einem Stand und aß ein Paar Würstel; als er wieder zurückkam, stand die *AJS* verlassen da, der Werkzeugkasten auf der Sitzbank. Er schlenderte umher, sah sich die Maschinen der Konkurrenz an. Im *Jawa*-Lager traf er Gunzenhauser. Gunzenhauser erzählte, er habe von denen ein Angebot bekommen, es jucke ihn sehr. Seeger fragte ihn, wie ihm David gefallen habe, und Gunzenhauser meinte, mit etwas Glück könne er durchaus unter die ersten zehn kommen. Er habe David beim zweiten Training beobachtet, da sei er ein paarmal in Gefahr gewesen, die Fahnenmasten bei Start und Ziel mitzunehmen. Er reiße das Gas nach der Spitzkehre zu schnell auf, und dadurch trage es ihn hart an den Mittelstreifen hinaus. Ein kleiner Rutscher, und so was sei besonders im Rennen, wenn der Asphalt stellenweise von abgeriebenem Gummi überzogen sei, leicht möglich, gerade dort, wo stark beschleunigt werde; ein kleiner Rutscher, und er fliege in die Fahnenmasten auf dem Mittelstreifen.

Die *Jawas* seien neben einigen schnellen privaten *Nortons* seine stärkste Konkurrenz. Seeger traf David dann beim Wagen eines Engländers, der ebenfalls eine *AJS* fuhr. David erzählte ihm, er habe vorhin den Amerikaner getroffen, der ihn zu Mittag in der Werkstatt angesprochen hatte. Am späten Nachmittag fuhr David die achtschnellste Zeit seiner Klasse, und als er um halb sechs hereinkam, wurde er umringt von Zaungästen.

Sie packten zusammen und fuhren nach Hause. In Davids Schuppen überprüften sie noch einmal alle Schrauben und Leitungen. Endlich fuhr Seeger heim und legte sich schlafen, es war spät. Im Ohr hatte er noch das Kreischen der Rennmotoren, besonders das der *BMW* von Hiller, der im Fahrerlager neben ihnen gestanden war und eine halbe Stunde lang immer wieder den Motor hochgedreht hatte. Am nächsten Vormittag schleppte er David wieder ab.

Im Fahrerlager war Hochbetrieb, es war halb zwölf, Zuschauer strömten in Massen zur Autobahn, die ganze Stadt schien unterwegs. Motoren heulten auf, Lautsprecher wurden ausprobiert. Ihr Platz im Fahrerlager war belegt, sie suchten sich einen anderen Standort, bockten die *AJS* auf, machten sie startklar. David ließ den Motor warmlaufen, ließ ihn rhythmisch immer wieder hochdrehen auf viertausend Umdrehungen, dann bis auf sechstausend.

Mittags aßen sie ihr mitgebrachtes Essen, das Davids Mutter ihnen in zwei Töpfen mitgegeben hatte. Edi, Thaler, Resch, Schnöll standen um sie herum, alle hatten es geschafft, ohne Ausweis ins Fahrerlager zu gelangen. Um halb eins wurden die *125er* losgelassen. Das Getöse, als die Maschinen starteten, machte David halb verrückt. Sie liefen zur Absperrung und warteten, bis die Fahrer aus Klesheim zurückkamen. Das erste Rennen dauerte ewig, obwohl es bloß über fünfzehn Runden ging. Dann endlich kamen die *250er* dran, und als gegen drei auch sie abgewunken wurden und der Sieger seine Ehrenrunde gedreht hatte, ein *CZ*-Fahrer aus der Tschechoslowakei, schoben sie die *AJS* an, ließen den Motor warmlaufen. Dann war es auch schon soweit, der Lautsprecher forderte die Fahrer der *350er*-Klasse auf, zum Start vorzuziehen. David stellte den Motor ab. Seeger fragte ihn, ob er mitkommen solle zum Start, doch er hörte gar nicht richtig hin. Seeger erinnerte sich, daß David einmal gesagt hatte, sobald er gestartet sei und sich auf die Maschine geworfen habe, sei er völlig ruhig und konzentriert, aber die Minuten vorher seien fürchterlich. Seeger ging an seiner Seite zum Startplatz vor, neben ihnen schob der Trainingsschnellste, Paddy Driver, seine *Norton* zum Start. Ein Funktionär wies mit einer Fahne den Fahrern ihre Plätze an. David kam in der dritten Reihe neben zwei *Jawa*-Fahrern zu stehen. Seeger konnte den Lärm und die Aufregung nicht mehr ertragen, er klopfte ihm auf die Schulter und verließ den Startplatz.

Noch drei Minuten. Die Fahrer saßen rittlings auf ihren Maschinen, kontrollierten Benzin- und Ölhahn, richteten sich die Brille, manche riefen noch dem Nachbar und Konkurrenten ein paar Worte zu, stiegen dann, als es nur noch zehn Sekunden bis zum Start waren, aus dem Sattel, faßten die Maschine am Lenker, bereiteten sich geduckt und konzentriert auf das Fallen der Flagge vor, schoben dann, als das Startzeichen kam, die Maschine an, warfen sich seitlich auf den Sattel, ließen gleichzeitig die Kupplung kommen, schwangen sich, sobald die Maschine loszog, rittlings auf sie, duckten sich in die Blech-Verkleidung und donnerten dicht zusammen liegend in einer einzigen Wolke von Abgasen nach Klesheim hinunter. Seeger lief zurück zum Fahrerlager. Die Kollegen waren alle fort, hatten sich gute Zuschauerplätze gesucht. Er stellte sich einfach hinter das Gatter, durch das die Maschinen zum Startplatz herausgelassen wurden, hier sah man die Kurve vor Start und Ziel, sah die Fahrer auf der Gegengeraden aus Klesheim zurückkommen und die Haarnadelkurve anbremsen.

Ein letzter Fahrer, der immer noch seine Maschine anschob, fuhr hinterdrein, als sein Motor endlich loszustottern begann. Gespannt blickte Seeger hinüber zur Unterführung, wo die ersten Fahrer bald zu erblicken sein mußten. Dann hörte man sie kommen, ein auf einen einzigen Ton gestimmtes, kreissägeähnliches Singen, vier oder fünf Maschinen hatten sich bereits abgesetzt, dann kam eine weitere Gruppe von drei oder vier Fahrern und knapp dahinter ein dichtes Feld von acht oder neun Maschinen. Da kamen schon die ersten. Seeger blickte gespannt. Die ersten drei richteten sich auf, drehten das Gas zu, schalteten zurück, bremsten die Rechtskurve an. David war nicht unter den ersten, aber es wäre verrückt gewesen, das zu erwarten. Doch dann sah er die Nummer 17. David unterschied sich im Fahrstil nicht von den anderen, er war der letzte der zweiten Gruppe, siebenter oder achter, und schon hatten sie die Haarnadelkurve erreicht, verschwanden aus dem Blickfeld, eine weitere Gruppe von Fahrern bremste die Kurve an.

Reisinger stand plötzlich neben Seeger, rief ihm etwas zu, aber es war ein solcher Krawall, daß er ihn nicht verstand. Der letzte Fahrer war noch nicht aus Klesheim zurück, da donnerten die ersten bereits die Gegengerade herunter. Seeger lief auf die andere Seite hinüber und schaute auf die Haarnadelkurve vor Start und Ziel.

Und dann bog der erste herein, eine *Norton,* das war Paddy Driver, eine *Jawa,* noch eine *Norton, Gilera, Norton, Jawa,* und dann David als neunter. Ein paar Runden lang ging das so weiter. Auf den langen Geraden nach und von Klesheim verlor David immer ein bis zwei Plätze, er gewann sie aber im kurvenreichen Teil der Strecke wieder zurück.

Und dann kam er aus Klesheim nicht mehr zurück, nach zwölf von dreißig Runden. Seeger beruhigte sich erst, als der Lautsprecher meldete, David Weiß sei durch Maschinenschaden ausgefallen. Im Geist ging er alle möglichen Ursachen durch: War das Getriebe heißgelaufen, lag's an der Zündung, den Ventilen …? Er konnte nichts tun als warten. David mußte die Maschine über die Strecke schieben, wenn das Rennen beendet war, hoffentlich hatte er nicht allzuweit. Doch während der Sieger mit dem Lorbeerkranz auf eine Ehrenrunde ging, kam David mit der *AJS* ins Lager, und Seeger sah sofort, was los war: Die Getriebekette war gerissen, hatte ein Stück aus dem Gehäuse geschlagen. Stumm ging er neben David her, bis zu ihrem Standplatz. Da gab es nichts zu sagen.

Seeger hob die Maschine hinten hoch, damit David den Ständer darunterschieben konnte. Bocek kam herüber, vom *Jawa*-Lager, dann war auf einmal auch Luksch da, Resch, Schnöll und Reisinger, alle gratulierten David, als hätte er einen Platz unter den ersten drei herausgefahren. Thaler sah sich das angeschlagene Gehäuse an. Resch meinte, David habe Schwein gehabt, die Kette hätte sich auch ums Ritzel winden können, den Motor blockieren, und wenn das bei hundertachtzig Stundenkilometer passiere, dann gute Nacht! Die *500er* wurden gestartet, David war verschwunden, und Seeger interessierte an diesem Tag das Rennen nicht mehr. Sie mußten aber das Beiwagenrennen abwarten, ehe sie nach Hause fahren konnten. Luksch kam noch einmal vorbei, berichtete, David sitze bei Kelly im Wohnwagen und heule wie ein Bub, dem das Dreirad gebrochen sei.

Beinahe wäre er in der Vogelweiderstraße wieder umgekehrt. Auf einmal erschien es ihm sinnlos, sich schon wieder in die Werkstatt zu stellen, als wisse er nichts besseres mit seiner Zeit anzufangen. Leo besserte mit gelbem Lack ein paar Kratzer am Schutzschild einer *Vespa* aus. Auf dem Bock von Thaler stand immer noch die Vorkriegs-*NSU*. Zehentmayer hatte ein Rad in seinen Schraubstock eingespannt und zentrierte die Felge. Seeger hatte ein halbes Kilo Leberkäse und Semmeln mitgebracht, wickelte die Sachen aus und fragte, wo Edi sei. Obladovic steckte seinen Kopf vom Gang herein, fragte, ob jemand die Anlasser-Batterie habe. Seeger rief: »Ein Stück Leberkäs gefällig?« Obladovic kam näher, säbelte sich mit dem Schraubenzieher eine Scheibe ab und steckte sie in den Mund. Die Eingangstür öffnete sich, und Riermaier kam in die Werkstatt. Obladovic eilte in den Gang hinaus. Riermaier fragte, ob er nicht den Heinz für ein paar Stunden haben könne. In der Autowerkstatt müßten sie heute noch den *Körting-Lieferwagen* fertigkriegen. Seiwald schaffe es allein nicht. Der Bernhard sei krank, Toni habe heute Berufsschule. Thaler entgegnete,

Heinz putze gerade für ihn, und anschließend müsse er wieder für Leo arbeiten, der Roller würde auch heute noch abgeholt. »Aber ihr habt doch nicht soviel zu tun!« rief Riermaier. »Herr Riermaier, glauben Sie mir«, rief Thaler, »es geht wirklich nicht, im Moment!«, und Riermaier wandte sich abrupt ab und verschwand ohne ein weiteres Wort im Gang. Jetzt erst lief Thaler vor Zorn rot an. »Das fangen wir uns gar nicht an!« rief er Fröschl zu, der bei seinem Fensterchen herausschaute.

»Wenn man es ihnen einmal macht, dann kommen sie jeden Tag ... Weil der Seiwald, der Schauer, mit seiner Arbeit nicht fertig wird, sollen wir unseren Lehrbuben hergeben!« Fröschl zog sich schweigend wieder zurück. Edi kam jetzt zur Tür herein, schnaubend, er legte seinen Mantel über den Sattel einer *Puch*. »Mach schnell, der Leberkäs wird kalt!« rief Seeger ihm mit vollem Mund zu. Er erzählte Edi, wie er, als er am Gebrauchtwagenmarkt vorbeigekommen war, an der Ecke vorne Monika gesehen habe, in einem blauen Hosenanzug. »Stell dir vor, Edi, du hättest sie geheiratet! Ist nichts mehr dran an der!« Da sei ihm seine Alte lieber, sagte Edi, während er sich ein Stück von der Semmel abbrockte. Welche mag er geheiratet haben, dachte Seeger. Die, die er auf der Treppe beim alten Festspielhaus geschwängert hat, in der Neujahrsnacht, wie er erzählt hat; oder war es jene, die eine Zeitlang jeden Abend um sechs Uhr vor der Werkstatt gestanden war, sich nicht hereintraute, sich die rohen Späße der Gesellen gefallen lassen mußte, wenn etwa Ennemoser zu ihr sagte, sie solle den armen Edi nicht zu sehr strapazieren, der müsse morgen Mittag das Getriebe fertig haben, und das Mädchen wurde rot, sah zu Boden und taute erst auf, wenn Edi aus dem Waschraum kam, sie aufsitzen ließ und mit ihr irgendwohin fuhr. Dabei war sie so ahnungslos, daß sie gar nicht kapierte, in welche Gefahr sie sich begab, denn Edi hatte damals seine verrückte Periode, forderte Stürze geradezu heraus. Oder hatte er die geheiratet, die mit ihrem Moped mehrmals die Woche kam, um sich von Edi die Bremsen oder die Kette nachstellen zu lassen? Sie war Verkäuferin in einem Schuhladen, Edi bekam auf alle Schuhe, die er sich dort kaufte, fünfundzwanzig Prozent Rabatt, und die Kollegen hatten ihn ausgelacht, weil er sich in drei Monaten vier Paar Schuhe kaufte: »Was fängst du bloß mit vier Paar Schuhen an!« Seeger versuchte sich Edis Frau vorzustellen. »Kenn ich eigentlich deine Frau?« »Warum besuchst du mich nicht?« erwiderte Edi. »Hast du Zeit heut' am Abend? Übers Wochenende fahre ich Taxi, aber heute ginge es gut.« Seeger erwiderte, ihm passe es auch, und Edi ging ins Magazin, um seine Frau anzurufen. Seeger erzählte ihm dann, wie Thaler Riermaier vorhin eine Abfuhr erteilt hatte, und Edi meinte, mit Thaler sei heute nicht gut Kirschen essen, wahrscheinlich habe ihm seine Alte beim Frühstück Reißnägel in den Kaffee getan. »Gelt, Sepp!« Thaler, seine Zigarette im Mundwinkel, schaute nur aus den Augenwinkeln ein wenig her und brummte: »Stell dir bloß was auf den Bock; wenn der Chef wieder hereinplatzt und sieht, daß du nichts zu tun hast ...«

Obladovic kam noch einmal, schaute in die Werkstatt herein, ging wieder, ohne ein Wort zu sagen, und Thaler brummte, während er die Schraube am Auspuffkrümmer festzog, die könnten ihn alle einmal, und zündete sich seine ausgegangene Zigarette wieder an. Es ist gleich fünf, sagte Edi und schob mit dem Fuß seinen Werkzeugkasten unter die Werkbank. Seeger folgte ihm in den Waschraum, Edi wusch sich, und dann gingen sie beide hinaus und stiegen in Edis *VW*. Er wohnte in Rott, nahe der bayerischen Grenze. Der schwarze *Mercedes* seines Vaters, mit dem Taxischild, stand vor dem Haus. Klara, Edis Frau, kam ihm alt und verbraucht vor, als sei sie Edis Mutter, er kannte sie nicht. Zwei kleine Mädchen klammerten sich an ihre Schürze und sahen Seeger mit verschreckten Augen an. Das Essen sei noch nicht fertig, sagte sie, und Edi zog ihn fort: »Gehn wir ein paar Schritte.«

Sie spazierten am Zaun entlang bis zum Wald. Edi zeigte auf die Wiese hinüber, dort seien am Abend manchmal Rehe zu sehen. Sie setzten sich auf eine morsche Bank. Das sei heuer kein Winter, sagte Edi. Seeger erwähnte, wie drüben in den Vereinigten Staaten viele mit vierzig genug hätten vom Stadtleben, sich irgendwo am Land eine kleine Ranch kauften oder pachteten und anfingen, sie zu bewirtschaften. Edi sagte, er werde nur noch zwei oder drei Jahre lang Mechaniker sein. Wenn sein Vater sich zur Ruhe setze, dann übernehme er die Taxikonzession, er mache sich nicht mehr die Hände dreckig, er sei dann sein eigener Herr. Als sie ins Haus kamen, war der Tisch hübsch gedeckt, die beiden Mädchen, beide den Daumen im Mund, kauerten auf dem Sofa, starrten in den Fernseher, und selbst nach mehrmaliger Aufforderung wollten sie den Apparat nicht abschalten und sich zum Tisch setzen. Seeger holte sich mit der Gabel Wurst, Schinken und Käse auf seinen Teller und hörte, was Edi ihm über das Taxigeschäft seines Vaters erzählte. In der Motorradwerkstatt werde die Arbeit immer weniger. Eines Tages genüge vielleicht ein einziger Mechaniker, und das sei dann Thaler. Thaler werde nie freiwillig gehen. Momentan kämen zwar Motorräder wieder in Mode, aber wer wisse, wie lange das dauere. Er habe keine Lust, Automechaniker zu werden, noch einmal von vorne anzufangen, in einer fremden Werkstatt womöglich, dann tagtäglich die Visage vom Riermaier vor sich zu haben! Das Kreuz tue ihm wieder einmal weh. Ja, der Sturz damals. »Hör auf!« rief seine Frau, als Edi kauend von der Geländefahrt zu erzählen begann. »Ich weiß noch, wie du damals ausgesehen hast, Abschürfungen ...« Edi lachte und bog seinen Rücken durch. »Sechs oder sieben Wochen war ich im Gips, und Klara war meine Krankenschwester – hab ich dir das erzählt?«

Fröschl, Loibner, Schnöll, alle seien durchgekommen, hätten sogar Bronze- oder Silbermedaillen gewonnen. Er sei nicht weiter als fünfhundert Meter gefahren. Wertungsfahrten seien etwas für Pedanten, für Leute, die nach der Uhr fahren. Ja nicht zuviel riskieren. Die Zeiten seien ja so eingeteilt, daß man die Etappen mühelos erreiche, wenn die Maschine nicht mucke. Aber er habe so nicht fahren können, und der Steilhang, gleich nach dem Start, er sei mit vollem Dampf da hinaufgeackert, habe Rückenlage bekommen, die Maschine habe ihn abgeworfen, er sei den ganzen Hang hinuntergestrudelt. Eine Weile saßen sie stumm da, Edis Frau drehte den Fernseher lauter, Nachrichten, und Seeger dachte, was interessiert mich das, euer Bundeskanzler, eure Milchpreise, eure Bestechungsaffären ... Ob Edi noch wisse, wie Sunkler, immer wenn Wahlen vor der Tür standen, mit Flugblättern in die Werkstatt kam, wie er versuchte, den jungen Gesellen einzutrichtern, wie sie wählen sollten. Als hätten sie nicht selber gewußt, was und wen sie wählen wollten.

Im Grunde hatten sie nichts gegen Sunkler gehabt, wenn er sich auch oft lächerlich gemacht hatte, vor allem im Winter, wenn wenig zu tun war, wenn er dann in der Werkstatt herumlief und den Lehrlingen anschaffte, die Fenster zu putzen, als kämen dann die Kunden zur Tür herein. »Und wenn man eine Lohnerhöhung wollte«, sagte Edi, »dann mußte man ihm immer das Messer ansetzen, mit dem Kündigen drohen, dann zahlte er einem um fünfzig Groschen mehr.« Reisinger, der mit der Gewerkschaftsliste herumlief, hatte immer gehöhnt: »Sobald ihr den Gesellenlohn bekommt, nimmt euch der Chef das Geld wieder ab, ihr kauft euch ein Motorrad, und er macht sein Geschäft mit euch …« Die meisten von ihnen waren damals nicht in der Gewerkschaft, sie verstanden nicht, wozu es gut sein sollte. »Wir helfen uns selber«, hatte Thaler öfter gesagt, »wenn uns etwas nicht paßt.« Reisinger entgegnete dann, jeder für sich, da seien sie zu schwach. Seeger hatte die Reden vom Klassenkampf und von der Ausbeutung nicht verstanden; die Arbeit in der Werkstatt war seine einzige Freude, er wäre auch am Sonntag lieber in die Werkstatt gekommen, als sich zu Hause bei der Familie des Onkels zu langweilen. Edi sagte zu Klara, die sich jetzt entschuldigte (sie sei müde), sie solle noch eine Flasche bringen, und obwohl Seeger sagte, er wolle jetzt gehen, es sei spät, ließ Edi das nicht gelten, sagte, es laufe ihm ja nichts davon, er fahre ihn dann ins Hotel, und so blieben sie sitzen, und Seeger erzählte von den Motorrädern drüben in den Staaten, von den *Harleys, Kawasakis, Hondas, Yamahas* – die Japaner beherrschten den Markt –, Maschinen mit Lenkstangen wie Hirschgeweihen, mit zwanzig verchromten Lämpchen, überdimensionalen Vordergabeln … Und die

Fahrer! Jedes Bürschchen, jeder Möchtegern könne sich eine *750er* leisten, das Motorrad sei zu einem Kultgegenstand der Angeberei verkommen. Abgesehen von dem Verbrechergesindel, die einem im Vorbeifahren eins mit dem Schlagring überziehen, jenen Typen im schwarzen Ledergewand mit aufgenähten Nazi-Zeichen. Edi erinnerte sich nun, wie die Polizisten sie immer schikaniert hatten, wie sie Jagd auf die jungen Mechaniker gemacht hatten. Wenn sie nichts anderes zu tun hatten, lauerten sie hinter Telegrafenstangen oder in Hauseingängen gegenüber der Ausfahrt von der Werkstatt, um einen von ihnen zu erwischen, wegen Schnellfahrens oder wegen Fahrens ohne Führerschein. »Einmal bin ich mit hundertzwanzig die Vogelweiderstraße heraufgekommen«, sagte Edi, »hab hinter mir die Sirene eines Streifenwagens gehört.«

Sie hätten ihm geblinkt, versucht, ihn zu stoppen, ehe er den Werkstatthof erreichte. Er sei abrupt auf die Bremse getreten, links abgebogen, der Streifenwagen habe die Kurve nicht gekriegt, fürs erste sei er sie losgeworden, wenn er auch immer noch die Sirene gehört habe.

Er sei durch die Weiserstraße gejagt, Nelböck-Viadukt, glücklicherweise sei die Ampel gerade auf Grün gesprungen, er sei vor der Berufsschule abgebogen, am Kai entlanggefahren, wo die Au begann, dort sei er in ein Gestrüpp hinein und habe sich eine halbe Stunde ins Gras gelegt.

Dann vorsichtig auf Umwegen zur Werkstatt zurück.

In der Rupertgasse sei ihm Ennemoser auf einer *BMW* entgegengekommen, er hatte Edi überall gesucht. Die Kundschaft warte schon auf die Maschine. Die Polizei habe bis vor einer Viertelstunde auf ihn gelauert. Obwohl Ennemoser beteuert hatte, alle Mechaniker seien anwesend, der

Gesuchte gehöre nicht zu ihnen, hätten die Polizisten ihm nicht geglaubt.

Er sei heilfroh gewesen, als er wieder in der Werkstatt stand.

Eine Woche lang habe er sich nicht auf die Vogelweiderstraße hinausgetraut. Und bald darauf habe er sich bei der *Fahrschule Magnus* angemeldet. Mit dem Führerschein habe ihm dann das Fahren nicht mehr soviel Spaß gemacht.

Daß sie die vier Birken im Hof einfach umgesägt hatten, nur damit jetzt die Autos in vier Reihen nebeneinander fahren konnten! Jedesmal, wenn er in die Sterneckgasse einbog, mußte er daran denken, wie es früher dort ausgesehen hatte.

Zur gewohnten Stunde spazierte Seeger zur Werkstatt, und erst als er vor dem geschlossenen Tor stand, fiel ihm ein, daß heute Samstag war, daß sie um zwölf Uhr Schluß gemacht hatten. Nun drehte er sich um, überlegte, was er mit dem restlichen Nachmittag anfangen sollte. Er dachte: Wenn ich morgen früh nach München fahre, kann ich am Abend schon zu Hause sein. Der Gedanke, dieser Satz über den Atlantik hinweg, erschien ihm unwirklich. Er dachte: Ich kann nicht fortgehen, ohne ihnen noch einmal die Hand geschüttelt zu haben. Aus der Abschiedsparty war nichts geworden. Thaler hatte kein besonderes Interesse gezeigt, mit Edi war er einen Abend lang zusammen gewesen, und sonst wäre ohnehin keiner gekommen. Während er so dastand, sich vorzustellen versuchte, wo die Bäume gestanden waren, fiel ihm der merkwürdige Alte ein, der an einem Samstagmittag einmal hier vorfuhr, als er mit Friedl die

Maschinen in die Werkstatt schob. Der Alte hatte eine *Dürkopp-Sachs*, die er mit gezogener Kupplung wie ein Fahrrad fuhr, mit aller Kraft mußte er in die Pedale treten, um vorwärtszukommen. Er fragte, ob ihm jemand seinen Motor nachsehen könne, der sei ihm während der Fahrt abgestorben. Die Maschine habe ihn in dreißig Jahren noch nie im Stich gelassen. Die Gesellen seien schon im Waschraum, sagte Friedl und zeigte dem Mann die Tür.

Wäre Seeger allein gewesen, er hätte Hand angelegt; weil Friedl dabei war, genierte er sich. Der Alte sah etwas lächerlich aus, diese hagere, lange Gestalt im grauen Gummimantel; außerdem hatten sie alle was gegen Kunden, die nach Dienstschluß vorgefahren kamen. Wie oft hatten sie einem, in der Hoffnung auf ein gutes Trinkgeld, geholfen. Mittendrin kam Sunkler vom Geschäft heruntergefahren, und der blieb dann dabei stehen, bis sie fertig waren, kassierte vom Kunden, und ihnen blieb nichts. Der Alte war bei der Eisentür wieder herausgekommen, keiner der Gesellen nahm sich seiner an, es war ein sonniger Tag, und alle wollten so rasch wie möglich weg. Er öffnete die Werkzeugtasche, die unter dem Sattel seiner *Dürkopp* angebracht war, entnahm Werkzeug, kniete sich zu seiner Maschine. Seeger nahm sich vor, sich beim Waschen Zeit zu lassen, als letzter aus der Tür zu kommen und dem Mann dann seine Hilfe anzubieten. Aber als er dann kurz nach Friedl aus der Tür trat, war der Alte mit seiner Maschine nirgends mehr zu sehen.

Da Seeger kein Motorengeräusch gehört hatte, mußte der Alte die *Dürkopp* wieder mit eigener Kraft fortbewegt haben.

Seeger fuhr mit dem Rad auf die Vogelweiderstraße hinaus, blickte nach links und nach rechts, aber von dem Mann war nichts zu sehen.

Im *Rupertihof* angekommen, wandte sich Seeger an den Portier.

Der nannte ihn immer noch Mister. Seeger sagte, er wolle Montag oder Dienstag nach Miami fliegen, er solle ihm einen günstigen Flug heraussuchen. Der Portier sagte, die Reisebüros hätten geschlossen, aber er erkundige sich am Flughafen. Seeger ging auf sein Zimmer und legte sich aufs Bett.

Er erinnerte sich, wie aufgeregt er damals vor der großen Reise gewesen war. Er hatte plötzlich schreckliche Angst gehabt vor allem, was auf ihn zukam: die fremde Welt, deren Sprache er nur notdürftig beherrschte. Die Wochen nach Brünn hatte er in einer Art Betäubung verbracht. Er saß auf seinem Hocker vor irgendeiner Maschine und erledigte automatisch die Reparaturen, und wenn er auf Probefahrt ging, wußte er nicht mehr, was er eigentlich an der Maschine gemacht hatte.

Drei Wochen nach Davids Unfall schrieb er an Bigwood, seine Adresse hatte er sich aufgehoben. Bigwood antwortete, Seeger solle sich ans Konsulat wenden. Sunkler war damals feindselig zu ihm. Er nahm es ihm übel, daß er gekündigt hatte, so viele Kollegen waren in den letzten Monaten weggegangen. Am schlimmsten war sein Verhältnis in jenen letzten Monaten zu Thaler. Aus unerfindlichen Gründen hackte er auf Seeger herum, gab ihm die unangenehmsten Arbeiten, ließ es ihn spüren, daß er etwas gegen ihn hatte. An einem Samstagvormittag verlangte er, er solle sich die eben gebrachte *SGS* auf den Bock stellen, eine neue Kurbelwelle einbauen.

»In drei Stunden?« rief Seeger, »unmöglich!« Edi und Reisinger hatten nicht viel zu tun – zusammen hätten sie es geschafft. Seeger hatte gerade eine Unfallmaschine in Arbeit, und die wollte er an dem Vormittag fertigmachen. Thaler gab nicht nach, und so stellte sich Seeger die *SGS* wütend auf den Bock. Er hatte diese Arbeit schon einmal in dreieinhalb Stunden erledigt, aber er sah nicht ein, warum gerade heute er. Na gut, dachte er, lockerte den hinteren Tankbolzen, nahm den vorderen Bolzen heraus, hob den Tank vorne, klemmte ein Montiereisen dazwischen, und, zack, rutschte der Tank herunter und klemmte ihm den Daumen ein.

Blut floß aus der klaffenden Wunde. Fröschl kam mit dem Verbandskasten gelaufen, schob Seeger ins Magazin, reinigte die Wunde, gab ein Pflaster drauf und fuhr ihn ins Unfallkrankenhaus. Dort nähten sie den Daumen und schickten ihn nach Hause. Das hast du davon, dachte er triumphierend, und stellte sich vor, wie jetzt wahrscheinlich Thaler die Arbeit selbst machen mußte. Ihr Verhältnis spitzte sich noch mehr zu, als Seeger am Montag in die Werkstatt kam. Es war Ende Juli, Hochsaison, der Arzt hatte ihn krankgeschrieben, Seeger trug den Arm in der Schlinge. Thaler sah ihn verächtlich an, redete nicht mit ihm, im Hof warteten Kunden, zehn oder mehr Maschinen standen mit dem Scheinwerfer zur Werkstatt, Thaler schaffte es nicht mit den fünf oder sechs Leuten, die er hatte. Seeger setzte sich wieder auf seine *BSA*, irgendwie gelang es ihm, mit der verletzten Hand den Gasdrehgriff zu bedienen. Der kann mich doch nicht behandeln wie einen Lehrbuben, dachte er und fuhr nach Hause. Er saß vier Tage daheim herum, wußte nichts mit sich anzufangen, las zum zehnten Mal

Bigwoods Briefe. Seeger solle sich einen Schiffskoffer besorgen und alle Sachen, die er unterwegs nicht brauche, mit dem Schiff vorausschicken, denn Luftfracht sei teuer. Seeger dachte, daß er überhaupt nichts besaß, was er in einen Schiffskoffer hineingeben konnte. Weh tat ihm, daß er seine *BSA* verkaufen mußte, ungern trennte er sich von ihr. Er hatte sich vorgenommen, Davids Eltern zu besuchen, er wußte, es hätte sich gehört, aber er brachte es nicht fertig. Das Fräulein auf dem amerikanischen Konsulat erinnerte ihn an Davids Schwester, es hatte dieselben langen, gewellten schwarzen Haare. Dieses Vorzimmerfräulein war einige Wochen lang der einzige Mensch, zu dem es ihn zog.

Sie empfing ihn immer gleichbleibend freundlich, obwohl er sich in seinem Arbeitsgewand von den anderen Klienten deutlich unterschied. Jede Woche einmal nutzte er eine Probefahrt, fuhr zum Konsulat, schaute hinauf, fragte nach und bildete sich ein, das Fräulein behandle ihn freundlicher als die anderen Leute. Dann zerrann diese Illusion, als sie ihn einmal eilig abfertigte, er brauche nicht so oft nachzufragen, sobald die Einreisegenehmigung eintreffe, werde sie ihn verständigen. Gottlob ging es dann zuletzt in der Werkstatt wieder besser. Ein Herr Dr. Daniel (den Namen hatte er nicht vergessen), ein Kunde mit einem neuen *Puchroller*, kam vorbei, er hatte erst ein paar Kilometer auf dem Tachometer, war schon etliche Male dagewesen, klagte über ein Geräusch in der Scheinwerferhaube. Thaler, auch Edi, waren schon mit dem Roller gefahren, hatten zwar ein Geräusch gehört, die Verkleidung geöffnet und nachgesehen, hatten mit dem Finger geklopft und gehorcht, ob irgendeine Stelle dröhne, aber nichts gefunden. Der Kunde war dann ins Geschäft hinaufgefahren, hatte sich beim Chef beschwert, und der hatte heruntertelefoniert, sie sollten das in Ordnung bringen. Als er wieder angefahren kam, erbot sich Seeger, nachzuschauen. Thaler war froh und überließ ihm den Fall. Seeger fuhr ebenfalls eine Runde im Hof und hörte im mittleren Drehzahlbereich ein Dröhnen in der Scheinwerferverkleidung. Als er die Haube geöffnet hatte, fand er nichts, machte dann aber einen Versuch, klemmte die Seilzüge, die dort zusammenliefen, mit einer Aluklemme zusammen, er vermutete, daß vielleicht die Kabel das Dröhnen hervorriefen. Eigentlich hätten dann alle Roller dieses Typs dieses Geräusch haben müssen, und wahrscheinlich hatten sie es auch, nicht alle Kunden waren so überempfindlich und mißtrauisch, daß sie gleich vermuteten, etwas sei nicht in Ordnung. Seeger schraubte die Haube wieder fest, fuhr eine Runde, und das Geräusch war nicht mehr zu hören. Er ließ den Kunden fahren, und als dieser von einer langen Fahrt zurückkam, lobte er Seeger, steckte ihm einen Schein zu. »Gott sei Dank, daß der weg ist!« meinte Thaler, und Seeger erwiderte, wenn alle Rollerfahrer so geräuschempfindlich wären, dann wäre es zum Verrücktwerden. »Was wollen denn die, ist ja alles Blech, wie soll das nicht dröhnen! Der soll einmal warten, bis er zehntausend Kilometer auf dem Tacho hat …!« Seit damals schlossen sie stillschweigend Frieden, redeten wieder miteinander. Aber Seeger war jetzt nur noch kurz in der Werkstatt, sein Permit traf ein. Einmal kam Friedl noch vorbei, er war zum Bundesheer eingezogen worden, erzählte von den ersten Wochen der Grundausbildung, und Seeger war froh, daß er Aufschub erhalten hatte und dem nun entging. Friedl schien es in der Kaserne zu gefallen, er sagte, er wolle den Führerschein für Lastkraftwagen erwerben und dann als Chauffeur den Rest seines Wehrdienstes ableisten.

Was, außer Fahren und Motoren-Auseinandernehmen, konnte er eigentlich noch? Das mußte er denken, während er, die Hände fest auf dem Lenkrad, durch das Salzachtal fuhr.

Der Leihwagen, ein *Peugeot*, lag gut auf der schmalen, durch Frostaufbrüche holprig gewordenen Straße, neben der sich schroffe Felswände hochzogen. Er mußte an Leo denken, der ihn am Vortag besucht hatte. Verlegen war er in der Halle gestanden, als Seeger, vom Portier telefonisch benachrichtigt, die Treppe herunterkam. Beinahe hätte Seeger ihn in seinem Sonntagsanzug nicht erkannt, auch war er glattrasiert. Ob er stören, ob er Seeger um ein paar Auskünfte bitten dürfe. Seeger hatte zu der Sitzgarnitur gedeutet, die Unsicherheit Leos hatte ihn selber sicherer werden lassen. Er trage den Plan zu einer Auswanderung mit sich herum, schon lange, er habe an Australien gedacht, oder auch an die USA. Wie die Verhältnisse drüben seien.

Seeger verstehe schon, daß er mit ihm in der Werkstatt, neben Thaler, darüber nicht reden könne … Merkwürdig, als er dann Leo durch die Glastür gehen sah, hatte er das Gefühl, beschenkt worden zu sein, und er wußte jetzt, daß er die Werkstatt nicht mehr betreten würde. Er würde auch das Skilaufen sein lassen. Für morgen war der Rückflug gebucht, und nun fuhr er nach Mühlbach. Auf einmal fühlte er sich auch stark genug, seinem Alten gegenüberzutreten.

Warum auch nicht? War es nicht lächerlich? Er war doch auch mutig genug, um in der Ostkurve von *Fremont* den Fuß auf dem Gaspedal zu lassen.

»Sie haben es geschafft«, hatte Leo gestern gesagt, und er hatte erwidert: »Haben Sie eine Ahnung!« War er selber nicht so vor Bigwood gestanden, als er ihn damals im *Goldenen Löwen* sprechen wollte? Er warf einen Blick auf den Rücksitz, wo das Blumenbukett lag. Er konnte jetzt beinahe ohne Bitterkeit an seine Mutter denken. Die Dulderin! Zeitlebens hatte sie gekränkelt. Von der Sonnseite des Elternhofes in Hüttschlag war sie in die *Maut* geheiratet worden. Onkel Luis hatte im angeheiterten Zustand einmal eine Bemerkung gemacht, daß Vater hinter allem hergewesen sei, was eine Schürze trug. Oft war er mit seiner Beiwagenmaschine nach Bischofshofen gefahren und war dann mitten in der Nacht oder erst am nächsten Tag heimgekehrt. Mutter war dann mit dem Bedienen der Gäste, meist Straßenarbeiter, Bauern, Lastwagenfahrer, allein nicht zurechtgekommen, und Seeger mußte helfen. Wie oft hatte er sich nachts im Bett herumgedreht, war aufgewacht, wenn die *Zündapp* seines Vaters sich näherte. Wenn er die Eltern dann manchmal noch streiten hörte, aus dem Bett stieg, die Tür seiner Kammer einen Spalt öffnete, hörte er, daß er sie schlug; sie schrie, schlug um sich, sie balgten sich im dunklen Korridor drunten, und nach einer Weile seufzte sie wohlig oder fing an zu kichern.

Sooft er konnte, war er die zwanzig Minuten nach Mühlbach gelaufen, hatte sich zu den Schulkameraden gesellt, die auf der Wiese hinter dem Sägewerk Fußball spielten. Er stellte sich seinen Vater vor, wie er ihn zuletzt gesehen hatte, als er an einem Sonntag mit der *BSA* nach Hause gefahren war. Er sah ihn in seinem Lederschurz, Bierkisten vor das Haus tragend, wo der Fahrer der *Schwarzacher-Brauerei* sie auf die Ladefläche des Wagens schupfte. Er erinnerte sich an seinen Aufbruch vor achtzehn Jahren, mit dem Köfferchen seiner Mutter, demselben, mit dem sie einmal ausgerissen war aus der *Maut* zu ihrer Mutter nach Hüttschlag. Er sah sich auf den Postautobus warten, sein Vater hatte nicht wie üblich, wenn ein Gast oder er selbst mit dem Bus nach Bischofshofen wollte, das rote Fähnchen als Haltesignal für den Fahrer draußen in die Mauer gesteckt. Der bärtige Kopf des Vaters, das abgezehrte Gesicht der Mutter, er sah sie beide vor der Tür stehen, als er in den Bus stieg, seine Mutter winkte zaghaft, sie dachten beide nicht, daß er die dreieinhalb Jahre Lehrzeit in der Stadt durchstehen werde.

1966, 1974, 1980